哈达献给您
——我们的援藏故事

吴长远 著

山东科学技术出版社
·济南·

图书在版编目（CIP）数据

哈达献给您：我们的援藏故事 / 吴长远著 . -- 济南 : 山东科学技术出版社 , 2024.5
ISBN 978-7-5331-9527-4

Ⅰ . ①哈… Ⅱ . ①吴… Ⅲ . ①报告文学 – 中国 – 当代 Ⅳ . ① I25

中国国家版本馆 CIP 数据核字 (2024) 第 095484 号

哈达献给您——我们的援藏故事
HADA XIANGEI NIN——WOMEN DE YUANZANG GUSHI

责任编辑：孙雅臻　姬云婷
装帧设计：梁同垚
照片提供：杨翠彬　袁　勇

主管单位：	山东出版传媒股份有限公司
出 版 者：	山东科学技术出版社
	地址：济南市市中区舜耕路 517 号
	邮编：250003　电话：（0531）82098088
	网址：www.lkj.com.cn
	电子邮件：sdkj@sdcbcm.com
发 行 者：	山东科学技术出版社
	地址：济南市市中区舜耕路 517 号
	邮编：250003　电话：（0531）82098067
印 刷 者：	济南新先锋彩印有限公司
	地址：济南市工业北路 188-6 号
	邮编：250100　电话：（0531）88615699

规格：16 开（170 mm × 240 mm）
印张：14.25　字数：155 千
版次：2024 年 5 月第 1 版　印次：2024 年 5 月第 1 次印刷
定价：68.00 元

感情，像格桑花一样浓烈
人性，像雪莲花一样圣洁

前言

一段援藏路，一生西藏情。

对所有援过藏的人而言，无论支援时间长短，西藏都注定是一生难以忘怀的地方，而援藏这段经历也必定成为他们人生中最宝贵的财富。

1994年7月，中央第三次西藏工作座谈会作出了"中央政府关心西藏，全国各地支援西藏"的重大决策，确立了"分片负责、对口支援、定期轮换"的援藏方针，由此拉开了全国各地对口支援西藏的序幕。

从1994年到现在，援藏工作已经整整走过了30年历程。

30年来，来自全国各地的上万名干部人才积极响应党的号召，舍小家顾大家，先后奔赴西藏执行对口支援任务。

30年来，广大援藏干部人才发扬"特别能吃苦、特别能战斗、特别能忍耐、特别能团结、特别能奉献"的老西藏精神，艰苦不怕吃苦、缺氧不缺精神、海拔高境界更高，与西藏各族干部群众始终站在一起、想在一起、干在一起，扎根西藏、奉献高原、建功边疆，亲身参与创造和见证了雪域高原"短短几十年，跨越上千年"的人间奇迹，为西藏经济社会各项事业快速发展、与全国人民一道进入全面小康社会作出了不可磨灭的贡献。

按照党中央的部署要求，山东省负责对口支援西藏自治区

前言

日喀则市。

30年来，山东省始终把日喀则的事当成自己的事，举全省之力、聚全省之智，倾心倾情倾力支援日喀则，先后选派10批657名干部人才、1585名柔性人才赶赴日喀则，分驻日喀则市直各有关部门和相关县区，执行对口支援任务。

30年来，山东省历批援藏干部人才在日喀则市克服生理、心理等面临的挑战，聚焦民生、产业、教育、医疗、智力、交往交流等领域短板弱项和群众急难愁盼问题，一茬接着一茬干、一张蓝图绘到底，累计投入资金61.8亿元，实施项目1600余个，为日喀则市如期脱贫解困、实现全面小康发挥了重要作用，向党和人民交出了一份又一份合格的"山东答卷"。

作为山东省第九批援藏干部队伍中的一员、山东省卫生健康委员会派出的第一位援藏干部、山东省选派的首批省级"组团式"援藏医疗队领队，我很荣幸融入这项艰难而又伟大、光荣而又神圣的事业中，亲身经历、亲眼见证了山东援藏干部人才与日喀则各族干部群众一道手拉手、心连心、同呼吸、共命运、矢志奋斗的一段宝贵历程。

从2019年7月1日进藏到2022年7月26日离藏，我们山东省第九批援藏干部人才在日喀则市奋斗达3年之久，整整1122天。

1122个日日夜夜，山东省第九批援藏干部人才靠坚定的信念、顽强的毅力，经受住了恶劣环境的考验，用坚实的足迹、满腔的大爱将对党的忠诚写在了"世界之巅"，凭扎实的作风、骄人的业绩在雪域高原筑起了新的丰碑。

1122个日日夜夜，山东第九批援藏干部人才累计投入援藏资金11.4亿元，实施项目185个，发动社会各界累计向日喀则捐赠物资折款1.3亿元，引进投资24亿元，成功打造出白朗果蔬、齐鲁教育、齐鲁医疗高原行等一系列熠熠生辉的援藏品牌，为日喀则长治久安和高质量发展做出了"山东贡献"。

1122个日日夜夜，山东第九批援藏干部人才工作连续3年在国家考核中被确定为"综合优秀"等次，先后被西藏自治区党委、政府授予全区脱贫攻坚先进集体、全区先进基层党组织、全区抗击新冠疫情先进集体等10余项集体荣誉称号，101名干部人才157次受到市级以上表彰，6名同志被西藏自治区党委、政府授予"第九批援藏工作先进个人"。

1122个日日夜夜，山东省"组团式"援藏医疗队在山东省第九批援藏干部中心管理组和日喀则市卫生健康委员会的坚强领导下，在山东省卫生健康委员会和各援派医疗机构的大力支持下，不忘初心、牢记使命，脚踏天路，砥砺前行，做了大量艰苦细致、卓有成效的帮扶工作：筹资4000万元实施"日喀则市妇幼保健院门诊综合楼新建暨院区改造"项目，帮助日喀则市妇幼保健院完善了功能布局，改善了诊疗环境，使其成为西藏自治区一流的"生命摇篮"；帮助日喀则市妇幼保健院创建了日喀则市首个小儿外科，开展了多项填补日喀则市空白的手术及诊疗项目，日喀则市妇幼保健院门诊量同比增长35.43%，手术台次由原来每月不足5台次增长到每月超过30台次；积极推动日喀则市妇幼保健院创建二级甲等妇幼保健机构，争取编制15个，为其2023年顺利通过评估打下坚实基础；筹集资金1000余万元，实施"鲁藏一家亲·共圆健康梦·齐鲁医疗高原行"项目，累计救治各类患者1700余人，包括132名先天性心脏病患儿，该项目还在小儿斜视手术方面填补了西藏自治区空白；先后从山东选调16名精神卫生防治专家进藏帮扶，助力受援5县区医疗机构成立了精神卫生科，从根本上解决了精神疾病筛查和精神类药品采购资质问题。

山东省"组团式"援藏医疗队艰苦不怕吃苦、缺氧不缺精神的崇高境界，扑下身子干事业、脚踏实地抓落实的工作作风，舍小家为大家的家国情怀和一切为了藏族群众的奉献精神，深深感动着日喀则的干部群众，感染着日喀则受援单位的同事们，赢得了日喀则干部群众的交口称赞，谱写了"鲁藏一家亲"的壮丽赞歌。

山东省"组团式"援藏医疗队12名干部人才先后18次受到市级以上表彰，我被西藏自治区党委、政府授予"第九批援藏工作先进个人"荣誉称号，被日喀则市委、市政府记三等功1次；3名同志被西藏自治区党委组织部授予"第九批援藏工作优秀个人"荣誉称号；1名同志获得日喀则市政府特殊津贴；1名同志被授予"日喀则市民族团结进步先进个人"荣誉称号。

2021年7月23日，正在西藏视察的中共中央总书记、国家主席、中央军委主席习近平在拉萨会见了全国援藏干部代表。见到这些晒成古铜色的援藏干部时，习近平总书记十分动情，他说："援藏精神是中国共产党的一个崇高精神，是中国特色社会主义的一个显著优势。缺氧不缺精神，这个精神就是革命理想高于天。你们在高原上，精神是高于高原的。这个事情必须一茬接一茬、一代接一代干下去。一方面支援了西藏，集中力量办大事；一方面锻炼了干部、成长了队伍。援藏应该是你们一生中最宝贵的经历之一。"

今年适逢援藏30周年，作为一名刚刚结束援藏任务不久的援藏人，心情格外激动，遂将这段亲身经历记录下来，向援藏30周年献礼，向所有为西藏经济社会发展作出贡献的援藏干部人才致敬！

吴长远

2024年3月于山东济南

目录

01　小家与大家　/　1

02　黎明的告别　/　12

03　一封遗书　/　25

04　爸爸的家　/　59

05　共同的心愿　/　84

06　打造一流"生命摇篮"　/　110

07　利己与利他　/　131

08　爱的汇流　/　152

09　同心同向　/　163

10　一家人的"援藏情"　/　178

11　再见，日喀则！　/　191

党员干部要平常时候看得出来,关键时刻站得出来,危难关头豁得出来!

01

小家与大家

当平静的生活被骤然打乱的时候,人一定是蒙的。

2019年6月14日晚,我正慵懒地斜靠在家中客厅的沙发上休息。白天忙活了一天材料,累得头晕目眩,回到家时已经差不多8点了。

家中老大中考一结束,妻子石万杰就带着俩孩子回了娘家。家里冷冷清清,我一个人也懒得好好做饭,刚刚煮了碗面条凑合着把胃糊弄过去。

哦!对了,自我介绍一下,彼时我的正式身份是山东省计划生育协会办公室副主任,从年初借调到省政府发展研究中心帮助工作已经半年时间。

早前,省政府发展研究中心主任黄红光就透露过准备将我正式调入的想法,但要先观察一段时间看看,说白了就是要先看看活干得怎么样,干得好才可能调入,干得不好自然不会留下。

因此,借调这段时间,几乎是拿出拼命的架势去干,作为男人,谁不梦想着有个更大的舞台呢?

靠在沙发上，回想着自己过往40余年的坎坎坷坷，不由得感慨万千。1995年，通过高考顺利考入德州师范专科学校，1997年又通过专升本考试进入山东师范大学，1999年被分配到德州市计划生育委员会工作，从一个浑身散发着土腥味的乡下小子摇身一变成了梦寐以求的城里人、一名国家干部，终于实现了"跳出农门"的美好夙愿。此后又经过10余年的打拼，从一名普通科员一步步干到办公室主任，解决了正科级，2012年被山东省计划生育协会看中，于当年8月份调到济南。

时间过得真快，转眼已经过去了将近7个年头。

此时，经济上刚刚摆脱因搬家购房带来的困顿，精神上也没了初来乍到的迷惘，方方面面都已熟悉和适应。我在济南的工作经历可谓顺风顺水，不到半年就通过竞争上岗晋升为副调研员，2015年又转任办公室副主任。家庭生活一路向好，尤其是2018年1月，小女儿的到来更是给家里增添了无限的幸福和欢乐。

很多以前的老同事跟我说："自从调到济南，你家庭事业两不误，芝麻开花节节高！现在又儿女双全，简直是人生赢家！"

作为一个乡下小子，能够干到今天这个地步，的确很知足。现在，老人身体健康，妻子贤惠，儿女双全，人生如此，夫复何求？

眼下，又面临着很大可能要调入省政府发展研究中心的机会……

我正冥想着憧憬着，摆在一旁的手机突然响了。

拿过手机一看，是省卫生健康委员会的办公电话。

山东省计划生育协会虽然是正厅级群团组织，但是和省卫生健康委员会一个党组，接受省卫生健康委员会领导，说白了，是一家人。

我不敢怠慢，赶紧接起，习惯性地说道："喂，你好！"

"你好！老哥，我是王廷！"听筒里传来省卫生健康委员会人事处四级调研员王廷熟悉的声音。

这个点儿在办公室给我打电话，恐怕不是闲聊。

疑窦刚起，王廷已经直奔主题："老哥，这个点给您打电话，是有急事。咱们单位有一个援青名额，主要领导让我征求您的意见，给您5分钟时间考虑！"

说完，王廷匆匆挂断了电话。

援青？5分钟？

我登时蒙了，消息太过突然，事情如此重大，只给5分钟时间考虑？这未免有点强人所难、不近人情了吧！

当时我瞥了一眼手机屏幕上的时间，好像是21时35分，21时40分我就要给出答复。

心里尽管有点小意见，可我知道，面对如此重大的抉择，这点细枝末节哪里还能顾得上计较？

如此紧急，原因恐怕只有一个，那就是省委组织部正等着报名单。

一边是已经看到希望的调动机会，一边是援青3年的政治待遇；一边是稳定安逸的生活，一边是艰苦恶劣的高原环境，最要命的是儿子马上要读高中，女儿才刚刚一岁半啊！

我……

纵使现在，我也无法形容当时的心情。

假如单位动员报名，我也许会犹豫，可现在组织指名道姓征求我的意见，我该怎么选择？

我已经入党15年了，早已不再是当初那个一心只想"跳出农门"的乡下小子了。

我平常最喜欢的一句话就是"党员干部要平常时候看得出来，关键时候站得出来，危难关头豁得出来"，最看不惯的就是那些平时口号喊得比谁都响，到了关键时候又百般推脱的人！

怎么？现在轮到自己头上了，就要患得患失、打退堂鼓、当一个光说不练的假把式？

如果这样，别说别人看不起我，就连我自己都看不起自己。

罢了罢了，遇到这种事情不能想三想四，越想越乱。

一个党员最重要的修养就是服从！

支撑我迅速作出决定的，是党性，也是人性！

我长长地呼出一口气，定了定神，拨通了石万杰的手机。

援青是天大的事，我必须得跟她通个气，不能落个擅自做主的名头。

"单位想安排我去援青呢。"我云淡风轻地说。

"啊？米多还这么小……关键是你的身体，受得了吗？"

我无法看到石万杰的表情，但从她吃惊的语气能想象得到。

她首先想到的是刚刚一岁半的女儿，但最关心的还是我的身体。

毕竟，我已经四十有五，说年轻也不年轻了。

我故作轻松地说："跟援藏比，援青好多了。西藏海拔高、缺氧、环境恶劣，青海海拔2000多米，蓝天白云，气候宜人，非常舒适。往后，老大上高中可以寄宿，春暖花开的时候，你还可以带着米多到青海住上几个月！"

其实，我知道山东对口支援的是青海的海北藏族自治州，海拔3000多米，环境比西藏好不到哪里去，但我跟她说的是西宁的海拔。

她对青海没概念，好糊弄。

"真要这样，也行！还是你自己决定吧！"听我这么一说，石万杰松了一口气。

我趁热打铁："那就这么定了！"

这时石万杰脑子转过来了，问："你是不是早拿定主意了，只是通知我一声？"

我笑了，未置可否。

刚刚挂断电话，铃声接着响起。

不用看，肯定是王廷打来的。

"老哥，考虑得怎么样了?！"王廷的语气里带着焦急。

"你跟领导说，我去！"我的话斩钉截铁。

"太感谢老哥了，我马上跟领导汇报！"王廷的语气一下子激动起来。

很显然，刚刚过去的5分钟，对他来说很煎熬，假如我说不，他又该找谁呢？

王廷匆匆挂断了电话。

片刻工夫，王廷的电话再次打了过来，这次语气轻松了许多。

他和我说，已经向主要领导汇报，领导很高兴。

接着，他情不自禁地冒出一句："老哥，你可帮我们解决了一个大难题！"

这句话露出了破绽，引起了我的怀疑。

我问王廷："兄弟，你给我实话实说，我是不是第一人选？"

"嗨！老哥，我给你说实话吧，此前征求了几个人的意见，要么说老人岁数大、身体不好，要么说孩子太小，都不愿意去啊！"

"呵呵！"我不由得笑了，心里话，这家伙真够狡猾的。

若论老人岁数大，我的父母已年逾七旬，若论孩子小，我女儿才一岁半，路还没走利索呢。

说出去的话泼出去的水，再跟王廷计较这些毫无意义。

我说："人和人的想法不一样，选择也不一样。我既然作出了选择，就绝不后悔！"

挂断电话，已经10点半了，但我睡意全无。

如果说先前的决定是出于一个共产党员的自觉和做人的本能，现在冷静下来，我要考虑的问题太多太多了。

我首先想到的是女儿。

女儿刚出生的时候，我曾默默对襁褓中的她许下诺言，一定给她一个爸爸妈妈陪伴左右的童年。

前些年天天忙于工作，三天两头不着家，压根儿顾不上儿子，每念及此，内心满满都是亏欠。

我不能让同样的亏欠再出现在女儿身上。

可现在，女儿才一岁半，我却不得不收回自己的诺言。

对于儿子，我的内心更是五味杂陈。他正处于叛逆期，不服管，一旦脱离我的视线，妻子能不能拢得住他，他会不会变成脱缰的野马，这些都是未知数。未来3年的高中生涯可是他人生中第一个重要阶段啊！

父母上了年纪，已进多事之秋，大毛病没有，小毛病不断，精神大不如前，未来3年，只能仰仗弟弟姊妹照顾他们了。

那一夜，我辗转反侧，通宵未眠。

第二天一早，我先赶到省卫生健康委员会，人事处长张延安代表组织和我进行了谈话，王廷详细讲解了援青的有关政策。

从省卫生健康委员会出来，我又马不停蹄赶到省政府发展研究中心向黄红光做了汇报，他对此给予理解和支持。

与相处刚刚半年的同事们挨个打过招呼，收拾利落自己的办公用品，我便动身往家赶。

当我走出省政府发展研究中心大门的时候，脚步格外沉重。

我知道，这一脚迈出去，就再也回不来了。

深情凝望了大楼一眼，我毅然转身，再也没有回头。

赶回家已是中午，石万杰已经带着俩孩子回来了。

见面后，她说的第一句话就是："唉！接了你的电话，我几乎一宿没合眼！"

我又何尝不是呢？我嘴唇翕动了一下，最终还是忍住了，没接这个话茬。

接下来的几天，我先是到医院接受全面体检，然后按照组织安排，开始休假，为进青海做准备。

休假期间，我陪着母亲、妻子和孩子一起到台儿庄古城、微山湖、蒙山转了一圈，父亲恋着老家地里的农活儿，没有一同前往。

我们外出游玩归来的第二天下午，我正在省计划生育协会机关收拾办公用品，王廷又打来了电话。

王廷沉吟半晌才说："老哥，情况有点变化！"

我的心忽地沉了一下，脱口问道："什么情况？体检不合格，还是另有人选？"

不知为何，明明前边内心很纠结，那一刻竟又怕去不成，丝毫没有"可能去不了"的期待。

"都不是，是党组会刚刚研究决定，你去援藏！"王廷缓缓说道。

"啥？援藏？这么大的变化，怎么没事先跟我说一声？"

一听援藏，我的头嗡的一声，声音骤然间提高了八度。

"老哥你别着急，事先我们也不知道。党组会上，延安处长汇报您情况的时候，说起您家老大马上上高中，主任一听您儿子要上高中，当场拍板，说西藏对援藏干部子弟高考有照顾，还是让长远去吧，就这么着把您和王鲁对调了！"

王鲁，来自省卫生健康委员会下属的省体检中心，原定援藏。

前段时间跟王鲁一起体检时，面对他的种种顾虑，我还安慰他，说我去过日喀则，那儿条件还行，劝他放心。

这可倒好，现在竟然调了个个儿，援青变援藏，援藏改援青了。

既然是党组会已经定了的事，我接受组织决定。

收拾完东西，从办公室出来，我晕晕乎乎往家赶。

一路上，脑子像是一团糨糊，又或者一片空白。

该怎么跟家里人尤其是石万杰交代呢？

先前把西藏说得那么恶劣，现在却要反话正说，这不自相矛盾嘛！

太作难了！

可再难也得面对，还得实话实说。

我强自镇定，和家人一起吃了晚饭。

借着母亲收拾碗筷到厨房洗刷的空当，我将石万杰叫进卧室，又轻轻关上门。

"有个事儿，我和你说一下！"我装得很轻松。

"啥事儿，搞得这么神秘？"石万杰满眼好奇。

"委党组会今天研究了，我和王鲁对调，我去援藏，他去援青。"我一字一顿地说。

"什么？援藏？为什么？"石万杰脸色瞬间大变，脱口就是三连问，眼泪止不住地滚落下来。

她从未去过西藏，但是她听说过西藏的艰苦，她担心我此行困难重重。

我最见不得别人掉泪，可这一刻我却出奇的平静。

我拍着她的肩膀故作轻松地说："嗨，你怎么还哭上了？没事儿，你听我说……"

我先对她讲了这次变动的来龙去脉，让她了解，援藏确实对孩子高考有帮助。

接下来，我又把2008年去西藏旅游的那段经历搬了出来。

"你没去过西藏你不了解情况，当年我去的时候，感觉挺好的啊！再说，现在各方面条件可比那时候好多了，你放一百个心，绝对不会有事的！"

我顿了顿，接着说："我跟你说过多次，等儿子高考结束，一定带着你们去一趟西藏。你看，没等儿子高考，我就被派到那里去了，你跟孩子们肯定得去探亲啊。这就是命中注定的缘分，想躲都躲不过去。"

不知是真被我的"花言巧语"给说动了，还是意识到事情无法逆转，石万杰长长叹了一口气，幽幽地说："唉！你这张嘴呀，反正都是你的理儿！"

这个时候，与其说是做通她的工作，倒不如说让她接受现实更贴切吧！毕竟，通与不通，势在必行。

稳住石万杰，我踏实了一大半。

父母对西藏了解不多，我三言两语就把老两口糊弄过去了，女儿太小不用考虑，唯一让我费点思量的是儿子。

毕竟他已经长大了。

先前，儿子对援青并未说什么，但听我说改为援藏后反应很激烈，面对我抛出的高考照顾的诱惑也不感兴趣。

他瓮声瓮气冒出一句："我为什么要用援藏的政策？"

说完便一头趴到床上，再不理我。

唉！这熊孩子打小就犟。

看来想说服他一时半会儿是不可能了，他理解也好，不理解也罢，我终归还是要去的。

话虽如此，可心里毕竟也添了一个疙瘩，他究竟什么时候才能明白呢？

儿子不理解，很多同事、同学和朋友也不理解。

得知我将要援藏的消息后，几个关系铁的同学和朋友直接打电话，一个个都急乎乎的，他们说得最多的就是，"放着好好的日子不过，你跑那个地方去干啥？""你都副处 6 年了，再干几年差不多就该提拔了，干吗还得走援藏这条路？""孩子学习不是还可以吗，为了孩子高考？"

我知道，他们是发自内心地关心我，不想让我去遭那份罪。

既然他们问，我就得如实答。

结果有的相信，有的不信，不信我也没有办法。

更多的人则在背后议论，分析我去援藏的动机和意图，有的认为是为了镀金提拔，有的说是为了孩子高考，甚至还传出了"他是通过省政府的关系找了单位主要领导才争取到这个机会的！"

不得不说，有些人的想象力超级丰富和大胆。

真是让人哭笑不得。

毕竟，很多人的逻辑里，无利不起早嘛！

脑袋和嘴长在别人身上，爱咋想咋想，愿咋说咋说，无须一一解释。

不是有那么句话吗？解释就是掩饰。

既然如此，保持沉默便是最好的回答。

这是题外话。

回到我自己，别看面对家人我表现得很淡定，可自己心里是真没底。

虽说去过日喀则，可那是旅游，短短几天的工夫，再说那时候年轻啊！现在都是快往五十上数的人了，身体各项机能肯定不能和那时相提并论，此番前去，一待就是3年，能受得了吗？

我甚至有那么一刻在想，万一把自己撂在那里……

不敢往下想。

人就是这么奇怪，有时候你越不敢想，却偏偏往那个方向胡思乱想。

失眠，失眠，接二连三地失眠。

蹊跷的是，每当想到那个"万一"，居然没有恐惧，只有难过、不舍、愧疚。

我做了最坏的打算。

这个最坏的打算，直到今天我也未曾向家人吐露分毫。

"接到援藏通知,他选择服从,我选择支持。人生就是这样,有太多的身不由己,无奈但又必须接受!与其红了眼眶,不如笑着别离。只是年幼的米多,醒来后喊着找爸爸,喊得我心里不是滋味儿。"

02

黎明的告别

2019年6月30日凌晨4时30分,泉城济南尚未从沉睡中醒来。

位于泉城路县西巷10号的山东政协大厦维景大酒店却是灯火通明,两辆大巴车静静地停泊在酒店门前,人们三三两两、陆陆续续推着行李箱从酒店里出来。

山东省第九批援藏干部人才即将出征。

早在6月27日,我们就已到此集结。

28—29日,山东省第九批援藏和第四批援青干部人才培训暨欢送会在维景大酒店召开,时任省委组织部副部长刘树军主持开班式,宣读新一批援藏援青干部人才领队任职文件和援藏援青干部管理组成员名单,时任省委常委、组织部部长王可到会讲话。

山东省第九批援藏干部人才队伍由87人组成,省民政厅党组成员、副厅长刘建武任领队。设山东省第九批援藏干部中心管理组,共10位成员,分别是中心管理组党委书记刘建武、副书记郭建伟、韩东,党委委员杨翠彬、孙健、李盛利、刘存东、高文龙、毕宝锋、张志强,李盛利、刘存东、高文龙、毕宝锋、张志强分别任济南、青岛、烟台、淄博、潍坊5市援藏干部人才领队。

山东省第九批援藏干部人才共有两个组团。

一个是教育组团，成员20人，规范名称为"山东省新一批组团式援藏教育人才"，由时任济南传媒学校党总支书记薛庆师担任领队。20名援藏教育人才2018年进藏，已经在日喀则市第一高级中学支教一年，此次被划转为第九批援藏干部人才。由于他们仍在日喀则市，因此没有参加此次集训。

另一个就是医疗组团，成员8人，由我担任领队，其他7人分别是时任山东省妇幼保健院办公室主任王军、山东省立医院小儿外科主任医师王刚、山东省第二人民医院产科主任主任医师柴丽萍、山东省医学影像研究所超声诊断研究室副主任医师宋庆达、山东省胸科医院副主任护师刘伟娟、山东省立第三医院儿科副主任医师王保刚、山东省中医药大学第二附属医院妇产科主任医师郑祖峰。

会后，援藏援青干部人才分别合影留念。

当披上"援藏光荣"的绶带时，我心中的自豪感油然而生。

直到这时，我才从多日的恍惚中清醒过来，我是一名光荣的援藏干部了。

曾经多少次觉得"援藏"是个光荣神圣而又遥不可及的字眼，而今竟然神奇般地落到了自己头上。

难道真的是念念不忘必有回响？

合影结束后，我对照着援藏干部人才花名册，很快和医疗队员们对上了号，却独独不见郑祖峰的身影。

我遂向省卫生健康委员会人事处报告。

少顷，人事处给我打来电话，反馈了解到的情况。

原来，郑祖峰体检发现问题，不适宜进藏。

结果不知哪个环节出了纰漏，山东省中医药大学第二附属医院没有及时选拔替补队员，人事处也没能及时掌握情况。

显然，这时再突击选拔人员已经来不及了。

我和人事处商定，待我们进藏后再作打算。

合影照片很快就洗出来，发到每名援藏干部人才手中。

拿过照片端详，我发现自己表情很凝重，当时竟然忘了微笑。

再看队友们，除了少数几个保持微笑，绝大多数一个表情——肃穆！

推己及人，每个人的心情应该都是相同的吧。

之后，便是紧锣密鼓的培训和内部会议。

山东省第八批援藏干部人才领队冯继康专程从日喀则市飞回济南给我们作辅导报告，系统介绍日喀则的基本情况和援藏工作，给我们播放了反映第八批援藏工作的专题片，让我们对日喀则市有了一个较为直观的了解。

随后山东省立医院参加过第八批援藏的医疗人才李洪光给我们进行保健辅导。

李洪光2016年6月进藏，在日喀则市藏医院支援了一年半的时间，对日喀则市也有比较深入的了解，由他讲解高原保健、注意事项最为合适。

李洪光精心制作了PPT。

当他结合援藏干部人才卧倒在床的图片给我们讲解高原反应的威力时，会场上有一阵小小的骚动。

特别是当他讲到安徽一名援藏医生因高原反应导致脑水肿而被夺去生命时，不少人不由自主地发出惊呼声。

听闻这样的例子，有谁能够淡定？！

尽管我早已做了最坏的打算，可真听到这样的事情，头皮还是一阵发麻，心脏扑通扑通地跳个不停。

看看左右两边的队友，一个个都神色凝重。

说不害怕，那是假的。

李洪光一看把大家吓住了，又开始讲述日喀则市的一些奇闻轶事，总算把气氛调节过来了。

培训结束后，山东省第九批援藏干部中心管理组召集全体援藏干部人才开会。

刘建武讲得非常严肃，特别强调政治底线和道德底线不能突破，说得直白些，就是不允许犯政治错误和生活作风错误。

刘建武说："无论触犯哪条底线，对不起，只能按规定处理。"

不得不说，作为领导，刘建武考虑得很全面，把种种可能出现的问题都预料到了。

87名援藏干部人才正值壮年，远离家乡3年，谁敢保证每个人都能耐得住寂寞和清苦，不出幺蛾子？

所以必须先打"预防针"，把丑话说到前头。

两天的时间转瞬即逝，日历掀到了6月30日，我们出征的时刻到了。

当我赶到楼下的时候，已经聚集了不少人，有些人已经登车。

一些援藏干部人才的妻子带着孩子等在车前，为丈夫送行。

那一声声压抑着情感语带哽咽的"老公，你要多保重"，足以击穿我们的铠甲；那一声声满怀着不舍带着哭腔的"爸爸，一路平安"，足以将我们的心绪打乱。队伍中仅有的两名女队员，没有看到她们家人的身影，后来才知道，柴丽萍的丈夫头天晚上已来送行，刘伟娟的丈夫当天守在了我们车辆必经的一个拐弯处，悄悄目送妻子远行。

我不敢听，把行李放好后快速登车，找个座位坐下。

人都到齐了，人数清点完毕，车子缓缓启动。

这时，我们透过车窗看到一位年轻的女人怀抱着襁褓里的宝宝，静静地站在那里，呆呆地望着车辆，那眼神里充满了无助与迷惘，她身旁还有一个女孩儿,正背过身去掩面哭泣。

我哪里还敢再看,赶紧把头扭到一边。

结果,刚扭过头来,就看到坐在一旁的王军正低着头,拿着出发前酒店配发的包子使劲往嘴里塞。

他是想用满嘴的包子堵住滂沱的眼泪啊!

窗外那一幕就够催人泪下的了,结果济南市援藏干部人才领队李盛利又在新建的山东援藏微信群里扔出一颗"催泪弹"。

他发了一张图片,正是我们刚刚看到的那一幕。

他说,这位女士是济南市援藏干部李光宗的家属,那个女孩儿是他的大女儿,他的二宝刚刚出生5个月。

这颗"催泪弹"一放,谁能受得了啊?!

一时间,大家陷入了沉默,隐隐听到有啜泣声。

我想起了自己还在睡梦中的女儿,压抑了好久的眼泪大颗大颗滚落下来。

可转念一想,我的女儿虽小,可和李光宗的孩子比起来,还大了一岁呢。要说难,人家更难,人家都没说什么,自己还有啥话可说呢。

我渐渐释然,开始拿出手机翻看微信朋友圈。

最先看到的竟然是石万杰刚刚发的一条消息。

"接到援藏通知,他选择服从,我选择支持。人生就是这样,有太多的身不由己,无奈但又必须去接受!与其红了眼眶,不如笑着别离。只是年幼的米多,醒来后喊着找爸爸,喊得我心里不是滋味儿。"

我最初还以为是石万杰为了宽慰我也宽慰她自己而"熬"的一道心灵鸡汤,谁想到她最后。

这句话比刚才那颗"催泪弹"威力还大。

我彻底绷不住了,用双手捂住了双眼。

过了好久,我的心绪才渐渐平复下来。

擦干眼泪，悄悄环顾，一车人没有说笑，没有交流，各怀心事。

我的思绪又回到了离别前。

愈是恋恋不舍，时间过得愈快，临行前几天，我哪里也不去，就待在家中陪着家人。

每天傍晚时分，我都带着女儿下楼，用小车推着她或者牵着她的手在小区周围来回逛。

每到夜晚，石万杰和孩子都睡下了，我还是翻来覆去睡不着。

每逢此时，我就忍不住翻身悄悄凑到女儿跟前，一遍遍亲吻着女儿稚嫩的脸颊。

我总盼着时间慢一点，再慢一点。

可时间偏偏要跟我作对似的，一天快似一天。

距离集合的时间越来越近，我的心情越来越复杂。

援藏援青干部人才集结的通知下来了：6月27日下午到山东政协大厦维景大酒店报到，28日、29日进行培训，30日正式启程。

我的心骤然一紧，该来的还是来了，马上就要出发了。

出发前两天，弟弟一家陪着父亲赶到了济南，内弟也赶了过来。

弟弟执意要在饭店安排一桌宴席为我饯行。

弟弟端起酒杯开席，嘴巴还未张开，泪先涌了出来。

哽咽了好长时间，弟弟才断断续续勉强说出几句话："哥，从小到大都是你照顾我，现在你要去援藏了，放心去吧，家里有我顶着！"

说完，他一仰脖，连泪带酒一起干了。

中间，我一直没敢看弟弟的眼睛，把头别到了一边。

待他把酒喝了，我才转过头来。

一家人都陷入了沉默，在座的人眼眶都红了，唯独母亲例外。

母亲像是劝慰弟弟又像是对所有人说："你哥援藏是光荣的事，得高高兴兴、欢欢喜喜才是！"

气氛这才稍稍缓解。

自打得知我援藏的消息一直到现在，母亲始终表现得很平静，从未见过她掉眼泪。

我想，母亲的心可真够大的。

6月27日上午一早，母亲和石万杰一道为我收拾行李，穿的用的，般般样样，将硕大的行李箱塞得满满当当，生怕我到西藏缺这少那。

收拾完行李，母亲突然从兜里掏出一沓钱要往我兜里塞。

母亲说："这是五百块钱，你带着到那里买点东西！"

母亲这是遵照乡下的老礼给我送行啊！

我强忍着，故作轻松而又异常坚定地推脱道："我不缺钱！"

架不住我再三推让，母亲轻轻叹了口气，把钱收了回去。

母亲和石万杰包了我平时最爱吃的水饺，一样荤的，一样素的。

父亲下厨做了6道菜，又倒了两杯酒，一杯递给我，一杯给自己。

石万杰笑着问父亲："你成天劝他少喝酒，这回反倒劝他喝起酒来了！"

父亲不好意思地笑了笑："到了那里不敢喝，就在家里喝点吧！"

喝到一半，父亲忽然冒出一句："也不是小岁数的人了，到了那里可千万得注意！"

我抬头望去，只见父亲端着酒杯的手微微抖动着，眼圈红了。

我不敢直视，赶紧低下了头，"嗯"了一声。

当天下午，一家人拎着行李箱将我送到小区门口。

6月29日晚，父母、石万杰带着女儿赶到了酒店，儿子没来。

石万杰说："把自己关在屋里闹情绪了！"

"这熊孩子！"话虽这样说，可我的心里还是像坠了块石头。

一家人坐在房间里，相对无言，气氛压抑得很。

女儿忽然像是明白了什么似的，让我牵着她的手走出房间，在楼道里来回走啊走啊，怎么也不肯停下。

夜色渐深，我抱着女儿回到房间，劝父母早点回家休息。

临行前，母亲貌似平静地嘱咐我："到了那里，别挂念家里，把心思放到工作上。洋洋大了，懂事了，知道上进了，不用挂念。米多会走了，能离开人了，也不用挂念，就是万杰累点儿。俺跟你爹，更不用挂念！"

到了这个时候，母亲还能绷得住，我打心眼里佩服。

直到进藏半年后，一位大学同学给我打电话，说起他到我家里去看望老人和孩子，他说："你在那里可千万要保重，老太太一说起你，就禁不住掉泪！"

那一刻，我的那颗心呀！唉，别提了。

6月30日，凌晨4时左右，手机闹铃响了，我悄悄起床，轻手轻脚洗漱完毕。

石万杰听到动静，想要起来，我冲她摆摆手，轻轻对她说："你陪着孩子继续睡一会儿，不要下楼送了！万一中间孩子醒了，找不到爸爸妈妈，还不知道哭成什么样！"

其实，我藏着一点小心思，就是担心她到楼下送行时情绪会失控，导致我也跟着失控。

我要让所有队友看到我很坚强。

石万杰似乎被我说动了，又或者和我有着同样的心思，点点头同意了。

我俯下身子，对着正睡得香甜的女儿粉嘟嘟的小脸轻轻地吻了一下又一下，而后又抱了抱石万杰，用手轻轻拍了拍她的后背，然后拉过行李箱，毅然转身，向门外走去。

我没有回头。

可万万没有料到女儿会醒来喊着找爸爸，更没有想到石万杰会发微信朋友圈。

只此一招,便彻底刺穿了我的伪装。

情绪稍稍平复后,想着刚刚送别的场景,想着将要奔赴的远方,我忽然想到了电视连续剧《军魂》的主题歌《热血颂》。虽然我不是军人,细细品味此中滋味,却感觉一样契合。

歌词是这样写的:

当你离开生长的地方梦中回望

可曾梦见河边那棵亭亭的白杨

每一棵寸草都忘不了你日夜守望

思念你的何止是那亲爹亲娘

当你握别温暖的手泪落几行

可曾感到背影凝聚着滚烫的目光

每一颗赤诚的心灵都深深理解你

每一个热切的向往都充满你的力量

你奔向远方 带着亲人的希望

你奔向远方 带着火热的衷肠

你和我们同在 把美好未来开创

你是国魂军魂

你是中华的铁骨脊梁

最艰苦的地方

总有着战士的刚强

勇士的肩头肩负着多少人心头的崇仰

谁不知生命的可贵

谁没有幸福渴望

你默默无闻的足迹写下不朽篇章

你奔向远方 带着亲人的希望

你奔向远方 带着火热的衷肠

你和我们同在 把美好未来开创

你是国魂军魂

你是中华的铁骨脊梁！

登机前，我收到儿子发来的信息："我理解你的辛苦，对家庭的付出，对国家的贡献。到了日喀则，不管多么劳累，这边的事不用操心。毕竟我已经长大了，对内能照顾好家，对外能独当一面。总之，照顾好身体是最重要的，期待3年之后的凯旋。"

他总算转过弯来了，我长出了一口气。

进藏一个半月之后，随着对西藏和援藏事业的深入了解，经过深思熟虑，我给儿子写了一封信：

孩子，我当初曾经问你，爸爸要去援藏，你愿不愿意？

你说，不愿意！理由是又偏又远又危险！

我当时回你，不是愿不愿意的问题，是必须去，因为爸爸是一名共产党员。

你听后，沉默，没再说什么。

很快，我告别你和妈妈、妹妹、爷爷、奶奶，告别亲朋好友，踏上了前往西藏的征程。

进藏后，除了适应高反、熟悉情况，我想得最多的一个问题就是，我为什么要来援藏？

因为我最初做出决定的时候只是凭着一个党员的自觉，没有想太多，所以对你的回答也简单。

请原谅！

对这个回答，你也许无法理解。

很多成年人尚且不理解爸爸此行究竟为了什么，何况你一个刚满十五岁的孩子呢？

面对他人的疑问，我起先如回答你一样简单。

后来，我发现，这个回答很少有人相信。

人们宁肯相信"无利不起早"，也不再相信信仰与崇高。

既如此，所有解释都是徒劳的。但，对于你，我的儿子，我觉得还是有详加说明的必要。

因为爸爸不希望你沦为世俗的奴隶。

首先，请你相信，爸爸绝非一时心血来潮，也非逞一时之勇；爸爸不是精致的利己主义者，也不是头憨脑笨的傻瓜。

爸爸的选择与功名利禄无关。

爸爸已过不惑之年，懂得什么重要什么不重要，决不会为身外之物去冒险，更不会为一点私利把你们娘仨和你的爷爷奶奶撇在一边。

孰轻孰重，这笔账爸爸算得清。

但爸爸最终还是来了！

鲁迅先生曾经说过："有一分热，发一分光，就令萤火一般，也可以在黑暗里发一点光，不必等候炬火。此后如竟没有炬火，我便是唯一的光。"

爸爸很喜欢这句话。

爸爸认为，也希望你能明白，无论何时何地，咱们的国家、咱们的社会、咱们的民族，都离不开信仰与崇高，都需要奉献与牺牲，尤其是在一个充满怀疑的年代，就更加需要有人负重前行。

惟其如此，我们这个民族才能挺起不朽的脊梁！

爸爸相信，只要人人都如萤火虫一般发出自己的光和热，就一定会有越来越多的人加入光明的阵营，照亮整个世界。

对爸爸而言，这里最大的困难是气压低、氧气薄，但这吓不倒爸爸，爸爸始终相信，精神的力量是无穷的，只要精神不滑坡，是能经受过这种考验的！

能够来西藏奋斗三年，将是爸爸一辈子的财富。

这里天高地阔、沃野千里、山川壮美、如诗如画，

这里历史悠久、民风淳朴、风情浓郁、文化绚烂，

能够奋斗于斯、奉献于斯，多少人想而不可得？！

请相信，爸爸一定是乐大于苦，累并快乐着的！

感谢你在爸爸临行前和进藏后对爸爸的嘱托与祝福！

爸爸相信，你会如你所说，在好好学习的同时替你妈妈分担家里的一切，包括照顾你年幼的妹妹！

有句话说得好，你若安好，便是晴天。

只要你们都好好的，爸爸便心无挂碍，会全身心投入工作。

你的妹妹还小，等将来凯旋之日再与她慢慢细说。

就此止笔！

祝好！

永远爱你的爸爸
2019 年 8 月 16 日于日喀则

令人自豪的的是，2022 年 7 月 28 日，西藏自治区党委宣传部、组织部为欢送第九批、迎接第十批援藏干部人才专门主办了援藏主题晚会《哈达献给您》，导演组根据我写给儿子的这封信改编成了情景剧《孩子，我为什么要来援藏？》，由西藏自治区话剧团一级演员普次和一名小演员联袂演出。

一天深夜,我思索良久,披衣下床,写下了有生以来第一封"遗书"。

03

一封遗书

2019年6月30日上午,我们首先飞到成都,入住西藏自治区人民政府驻成都办事处,进行短暂休整。

当晚,来自省财政厅的臧传荣和济南市水务局的陈鹏的队友出现发热、腹泻症状。

经援藏干部中心管理组研究,决定两人暂缓进藏,就地接受治疗,待身体康复后再进藏。

7月1日凌晨3时多,我们从西藏自治区人民政府驻成都办事处出发,赶往成都双流国际机场,稍后,登机直飞日喀则。

飞机进入巡航高度,大约飞行不到一个小时,便进入了西藏空域。

透过舷窗,只见外面的天空像水洗过一样的湛蓝,飞机下方掠过连绵起伏的群山、灿如碧玉的湖泊……

此前还昏昏欲睡的我们登时兴奋起来,已经进入西藏了!

我和很多队友掏出手机隔着舷窗贪婪地拍摄着。

对于我们而言,西藏的一切都是新奇、神奇的!

尽管我此前曾经来过西藏，可由于时间太久，印象早已模糊。

此时此刻，美好占据了我的大脑。

我想，我的队友们大概和我的感受一样吧。

又继续飞行了不到一个小时，飞机开始下降高度，准备着陆。

此时地面的群山看得一清二楚，光秃秃的，给人苍茫荒凉的印象，一条弯弯曲曲的河流伸向远方，后来知道，这条河流就是雅鲁藏布江。

飞机越来越低，晃晃悠悠掠过群山，那一刻，我多少有点紧张。

9时许，我们搭乘的航班徐徐降落日喀则和平机场。

我们排队走出舱门，缓缓走下舷梯。

瓦蓝瓦蓝的天空、大片大片的云朵、灼热刺目的阳光……

哦！这里就是日喀则市！就是我们将要工作3年的日喀则市！

日喀则市委、市政府、市人大、市政协主要领导等候在舷梯旁，给我们一一献上洁白的哈达。

身着民族服饰的日喀则市歌舞团的演员们分列两旁，载歌载舞。

这一切都让我们感到新奇，先前对高原的恐惧彻底清空。

我笑着对身旁的队友说："今天是个好日子，恰逢党的72岁生日，好记！"

环顾和平机场，规模很小，是一座军民两用机场。

早在飞机降落前，空乘人员就提醒我们，不要拍照，以防泄露军事机密。

简短的欢迎仪式过后，我们分乘几辆中巴车向日喀则市区驶去。

每辆车上都有一名山东省第八批援藏干部陪同。

陪同我们这辆车的是来自山东省委办公厅的汲广树，从他口中我们了解到有关高原飞行的一些情况。

不是所有飞机都能飞往西藏。由于高原空气密度大幅下降，发动机推力会下降30%到40%，升力也会下降近一半，因此飞机需要换装高原型发动机，还要进行特殊改装，以维持低氧环境下飞机的性能。这种改装后的飞机有个专用称谓——"高高原飞机"。

这也是我们为什么要在成都双流国际机场换乘的原因。

不是所有飞往西藏的航班都能顺利降落。因为高原风力大，有些航班明明已经飞到目的地上空，却因为风力原因无法降落，只能被迫返航。因此，飞往西藏的飞机正副油箱都加得满满的，必须保证能飞双程。

此后3年，我们亲眼见证或者听闻多次航班返航的情况。

2019年9月下旬，山东省卫生健康委员会委派一名厅级领导到日喀则市慰问山东省"组团式"援藏医疗队。

我和一名队员到拉萨贡嘎机场迎接，原定6点多降落的飞机，一直等到接近8点，也没等来飞机落地的消息。

经向机场打听，才知道飞机又飞回成都去了。

还有一次，援藏教师从西安乘机返回日喀则市，也遭遇了返航。

他们说，当时飞机的一个轮胎都已经着地了，可最终还是没能落地，被迫复飞回西安。

航空界称此种现象为"风切变"，稍有不慎，就有可能将飞机掀翻，造成机毁人亡的惨剧，所以，飞行员必须慎之又慎，哪怕飞行经验再丰富也不敢强行降落。

这也从一个侧面说明了高原环境的艰险。

从和平机场到日喀则市区，大约50公里的路程。

一路上，我和队友们有说有笑，没有感到明显不适。

当时我还傻傻地想，我以前来过这里，此番再来没有反应在情理之中，可这些没来过的队友也生龙活虎，说明高原不过如此，可能会稍稍有点不舒服，挺一挺就适应了。

我们哪里知道，当时状态尚好，是因为体内携带的氧气尚未耗尽，高原反应很快就会向我们袭来。

翻过一个垭口，一路向下，远处的景色尽收眼底。

首先映入眼帘的是一座淡红色的雕塑，雕塑后方是大片开阔的湿地、郁郁葱葱的树木，再远处是鳞次栉比的建筑。

想来那就是日喀则市区了。

汲广树告诉我们，那座雕塑是日喀则市的城标，珠峰是主体元素；那片湿地是江洛康萨湿地，就在年楚河两岸；远方的建筑群就是日喀则市委、市政府驻地桑珠孜区。

离市区越来越近，城市面貌也看得越来越清楚。

街道两旁几乎是清一色的藏式建筑，无论办公楼还是民居，都是白墙红边。那些房顶上插着国旗和一簇绑着花花绿绿布条的树枝、院门前悬挂着花边白底门帘的想必就是民居了。

后来我知道，那簇花花绿绿的树枝上缠着的是蓝白红绿黄五色相间的经幡，分别象征天空、白云、火、水、土，名叫塔觉，院门前悬挂着的门帘叫香布。

进入市区后，三转两拐，我们抵达一座名为乔穆朗宗的大酒店。

听店名，看风格，都充满了西藏元素。

按照安排，我们将要在这里进行为期一周的休整。

我和王军住一个房间。

床头旁竖着医用氧气瓶，床头柜上摆放着红景天口服液、高原康、丹参滴丸、速效救心丸等抗高原反应和应对突发状况的药物。

看得出，日喀则市委、市政府对于援藏干部人才的到来是极为用心的。

刚刚坐定没一会儿，日喀则市妇幼保健院党支部书记索朗多布杰、院长多吉洛旦、副院长索朗便登门拜访。

此时的我和王军还是没有明显反应。简单寒暄后，我和王军便领着他们去和援藏医疗队的队员们一一见面。

我走在前面，一如往常，速度不减，索朗多布杰等人紧跟在后面不停地提醒我："吴主任，您走路慢点儿，慢点儿！"

可我全然不在意，一边说着"没事没事！"，一边继续快步走着。

待到看望完医疗队员，我还处于亢奋状态，又召集医疗队员和妇幼保健院的几位负责同志进行座谈。

因为我始终惦记着一件事，援藏医疗队还有一个空缺。

经过会商，双方一致认为，当前妇幼保健院最紧缺的是麻醉医生。

麻醉是内外妇儿手术的重要支撑，只有麻醉技术过硬，各项手术尤其是一些先进的手术才能顺利开展。

我向来是个急性子，随即摸起手机给省卫生健康人事处通了电话，告知所需人选。

落实完这件事，送走索朗多布杰等人，我和王军回到房间。

这时我感觉有点不对劲儿，心脏突突地跳个不停，胸闷、气喘、头晕、头疼，仿佛戴了"紧箍咒"一样，王军也出现了同样的症状。

我们猛然意识到，高原反应来了！

我们赶紧躺到床上，打开氧气瓶，将吸氧管插到鼻子里开始吸氧，同时服用红景天口服液和高原康，但效果并不明显。

来之前，在医院工作的朋友专门从药房给我买了药材红景天，让我泡水喝。红景天泡出来的水既涩又苦，可为了对抗高原反应，我还是坚持喝了半月有余。

现在看，毫无作用。

再回想成都留宿一晚的所谓短暂性适应，也没起到任何作用。

此前，曾经听很多人说过进藏策略，最好是乘火车或者自驾进藏，由低海拔到高海拔逐渐适应，就会减轻高原反应。

恐怕只是心理作用，到了真正的高原，到了一定的海拔，高原反应该有还是有。

事后也证明，这些所谓减轻高原反应的策略几乎没用，无论乘飞机进藏还是坐火车进藏，高原反应都一样。当然，也因人而异。有的人即使乘飞机进藏，反应症状也很轻微；有的人即使坐火车进藏，反应照样强烈。

我躺在床上，心里很不踏实，其他队员现在是什么状况？

实在没有力气下床挨个房间去查看，我便通过新组建的微信群询问情况。

很快，柴丽萍在群里回复："伟娟出现呕吐，当地医疗保障人员已经过来帮助处理。"

当地抽调的两名保健医生与我们一起住在酒店，24小时值班，还有一辆救护车在楼下待命。

听说医疗保障人员已经到场，我的心里稍稍踏实些。

没办法，该来的总是会来的，高原反应这一关必须得过。如果这一关都过不了，那也就谈不上后面的援藏长路了。

其他几名队员也纷纷报告自身状况，无一例外，均有症状，只是轻重程度不同。

好不容易挨到中午，我和王军挣扎着爬起来，相互搀扶着到酒店二楼自助餐厅吃饭。

走路过程中，我明显感觉到腿发软、脚发飘，像踩在棉花上一样，软绵绵的，没有劲儿。

王军用虚弱的声音不停地提醒我："主任，慢点儿，再慢点儿！"

等到了二楼过道，我发现好多队友的状态还不如自己。一个个像刚刚得了一场大病的患者，眼里没了光彩，走路亦步亦趋，每走一步都格外艰难。

刚下飞机时一个个还精神头十足，此时此刻全成了霜打的茄子——蔫儿了。

从电梯出口到餐厅约 50 米的距离，我和王军足足走了一刻钟。

端着餐盘，手不停地抖，肚子胀得厉害，没有一点儿胃口。

我们每个人只是象征性地吃了点东西，便又步履蹒跚地返回了房间，继续卧床休息。

到了晚上，我头疼得特别厉害，像要裂开一样，不得不吃上一片随身带来的布洛芬缓释片止疼。

王军看上去反应比我还厉害。

不知挨到几点，我才迷迷糊糊睡着了。

这是最难熬的一夜。

我不知道其他队友这一夜经历了什么，推己及人，想必他们也好不到哪里去。

翌日上午，听当地保健医生说，他们各个房间来回穿梭，忙活了将近一夜。

此时，我感觉症状稍微有些减轻，便约着几位队员到酒店顶楼去看市容市貌。

待了一会儿，还没看清楚不远处扎什伦布寺的轮廓，我们便出现了胸闷气短的症状，不敢再停留，便乘电梯下楼。

这时，我的手机响了，是一位同学打来的，询问进藏情况。

可手机信号有点卡顿，提示手机卡接触不良。

起初，我没当回事，分析可能是电梯内信号弱或者高原信号差又或者手机卡接触不良。

回到房间，我试着给同学拨回去，还是提示手机卡接触不良。

我将手机后盖打开，准备将电池卸下来，看究竟咋回事。

取下电池，我蒙了，电池竟然鼓包了，再细看手机屏，已经弯曲变形。

我对此大惑不解，好端端的电池怎么鼓包了？

恰好昨天刚到酒店的时候我留意到旁边有一家维修、售卖手机的店铺，便拿着手机过去，请人家帮忙修理。

店老板拿过来一看，不禁哑然失笑，他说："你手机高反啦！"

"手机也有高反？！"我惊讶地问，其实内心里压根儿不信，人有高原反应正常，手机哪来的高原反应？！十有八九是老板瞎忽悠，想给我推销一部新手机。

老板很有耐心，笑呵呵地问："你刚刚来的吧？"

我说："是，昨天刚到。"

他说："你不知道，到这里，不仅人有高反，手机也有高反。你想想，内地气压多少，这里气压多少？你再看看，电池已经废了，关键是屏幕也变形了，根本没法修了。"

他说气压，我恍然大悟，敢情到了高原，手机真的也会有高原反应！

别无选择，我只得从店里拿了一部新手机，然后给爱人打电话，让她给我把钱转过来，支付了手机款。

说实话，别看当时我死活不拿母亲给的五百块钱，说不缺钱，其实我身上还真没带多少钱，考虑到自己一个人初到西藏没有花销，而且发了工资，即使有花销也能应付，谁承想到了日喀则第二天就碰上这么大宗的消费啊！

怪不得人们常说，穷家富路，出门不带足盘缠，遇到突发状况还真抓瞎。

接下来的几天时间里，我们的高原反应症状逐步减轻，状态一天比一天好。

7月5日，山东第八批援藏干部人才撤离日喀则市，返回山东。

7月7日，我们搬离酒店，入住山东援藏公寓。

山东援藏公寓位于日喀则市委、市政府院内，南楼、北楼各四层，是宿舍楼，连接南楼和北楼的西楼共三层，一层是厨房和餐厅，二层是一大一小两个会议室，三层则是活动室。

公寓院内生机盎然，种着山楂树、金钱榆，竟然还有四棵矮小的苹果树。此后3年，这几棵树几乎没有任何变化，由此可见生长何其艰难与缓慢。

公寓分别在西楼和北楼开有两个门，西楼门正对着小院大门，门内墙上挂着一个又大又红的"家"字，北楼门内竖着一道影壁墙，中间是浮雕，左右两侧分别镌刻着"造福一方筑中国梦""援藏一任谱鲁藏情"的楹联。

公寓楼内走廊两侧全部建成了文化墙，分别悬挂着鲁藏两地有代表性的风景照片，泰山、趵突泉、蓬莱阁、黄河入海口、珠峰、卡若拉冰川、多庆错等，既寄托山东援藏干部人才的思乡之情，又表达对日喀则市的热爱之意。

公寓东边不远处即是日喀则市政府大楼，南邻是上海援藏公寓，西南侧是黑龙江援藏公寓，西北方向不远处就是著名的扎什伦布寺，站在楼顶上，金碧辉煌、错落有致的扎什伦布寺尽收眼底。

市委、市政府大院看上去像个花园，碧绿的草坪、怒放的月季、齐整的侧柏、硕大的冬青，还有很多参天的古树。

奇怪的是，这些树长得歪歪斜斜，大多斜向东方。古树上面都挂着铭牌，通过看铭牌，得知这些古树学名"白柳"，树龄短的也在百年以上，树龄长的有300多年。

当地人称"白柳"为"左旋柳"，传说是当年文成公主进藏和亲时从家乡带来的柳枝扦插成活，之后逐步繁衍扩散。因为这些树寄托着文成公主对家乡的思念，所以便长成了遥望东方的模样。传说自不可信，但树干究竟为何朝向东方，令人费解。

我们的宿舍除了领队住的是一个套间外，其他人都是单人间，面积不大，功能齐全，办公、休息、会客、洗漱、洗衣等均能满足。

入住当天，来自山东省科技厅的杨书平给我们分享了他入住公寓后的一件"暖心事"。

他在书桌抽屉内发现了一张小纸条，上面写道："有缘人，我是第八批援藏的家属，我姓鹿。今天是我最后一次来探亲的最后一晚，有些不舍。越在这待越体会到爸爸援藏工作的辛苦，很难过，也很骄傲。留此字条在书桌里，希望看到的你对援藏亲友能够多一分理解与关心。他们很辛苦，很孤独，也很伟大！珍惜来陪伴的日子，这时拥有你的关怀与温暖，是他们最幸福的时光！2019年6月15日晚。"

看姓氏，定是第八批援藏干部鹿俊峰的子女；听语气，是写给我们这批援藏干部人才家属的。

接着，杨书平又不无得意地晒出了他女儿杨小菡在我们出发前写给他的留言条："亲爱的爸爸，你要去西藏了，要常回来看我哟！请你放（画了一颗红心），我一定会'Good good study, day day up'！此外，我为你感到骄傲，奉献最伟大！援藏加油！"署名是"爱你的杨小屁孩儿"，时间落款2019年6月29日。

多么乖巧、懂事、幽默、可爱的孩子啊！她的留言条与她爸爸在抽屉内发现的那张留言条形成了最温情、最有力的呼应。

情真意切的一席话，令在场所有人倍感温暖又禁不住泪眼婆娑。

一切安顿妥当，援藏干部中心管理组开始安排系列培训，主要目的还是了解日喀则市、熟悉日喀则市。

日喀则市位于西藏西南部，东西长约800公里，南北宽约220公里，东邻拉萨市与山南市，西衔阿里地区，南与尼泊尔、不丹、印度三国接壤，北靠那曲市，面积17.924万平方公里，平均海拔4000米以上，是我国重要的安全和生态屏障。

日喀则市，是珠穆朗玛峰的故乡，雅鲁藏布江的源头，有着千山之宗、万水之源的美誉。境内海拔8000米以上的山峰有5座，分别是世界最高峰珠穆朗玛峰，海拔8848米；世界排名第4的洛子峰，海拔8516米；

世界排名第 5 的马卡鲁峰，海拔 8463 米；世界排名第 6 的卓奥友峰，海拔 8201 米；世界排名第 14 的希夏邦马峰，海拔 8027 米。要知道，世界上海拔 8000 米以上的山峰仅有 14 座，其中 10 座属于喜马拉雅山脉，日喀则市独占 5 座，确实无愧"千山之宗"的名头。除此之外，日喀则还有卡若拉冰川、措嘉冰川、曲登尼玛冰川，有世界最高的"悬湖"——长芝冰川湖。

日喀则市，建城至今已有 600 多年历史，是西藏第二大城市，后藏曾经的政教中心，也是历代班禅驻锡地。金碧辉煌的扎什伦布寺、藏汉建筑艺术珠联璧合的夏鲁寺、号称"第二敦煌"的萨迦寺均在日喀则。

日喀则市辖 1 区 17 县，分别是桑珠孜区、南木林县、江孜县、定日县、萨迦县、拉孜县、昂仁县、谢通门县、白朗县、仁布县、康马县、定结县、仲巴县、亚东县、吉隆县、聂拉木县、萨嘎县、岗巴县，其中有 9 个县位于中印、中尼边境，边境线长达 1753 公里。山东负责对口支援的县区共 5 个，分别是白朗县、桑珠孜区、聂拉木县、昂仁县和南木林县，分别由济南、青岛、烟台、淄博、潍坊 5 市承担。海拔最高的县分别是岗巴县、仲巴县、萨嘎县，有"两巴一嘎"之说。当年孔繁森第一次进藏就是到岗巴县任县委副书记，全县平均海拔 4700 米以上。

日喀则市境内常住人口 79.8 万人，以藏族为主，还有汉族、回族、蒙古族、土家族、苗族、壮族等几十个民族。

日喀则市素有"西藏粮仓"之称，是世界青稞之乡，耕地面积 128 万亩，约占西藏的 1/3；粮油总产量稳定在 40 万吨以上，占西藏的一半；商品粮输出占西藏的 60%，农牧业产值分别居全区第一位和第二位。

日喀则市，矿产资源丰富，已发现矿点约 300 处，探明矿种 47 种，铜矿、锂矿等储量居全国前列。

日喀则市，是国家"一带一路"倡议中明确的区域级流通节点城市，也是南亚重要通道上的中心城市，西藏对外贸易量的 90% 以上都在日喀则，有樟木、吉隆、亚东、日屋 4 个陆路通商口岸，28 个边民互市贸易点（全区 31 个）。

日喀则市，氧气含量和气压分别只有内地氧气含量和正常气压的 60% 左右。

缺氧、低压是导致高原反应的主要因素。

因此，民间对西藏有着"眼睛的天堂、灵魂的牧场、身体的炼狱"的说法。

7 月 9 日，实在拗不过急着投入工作的队员们，我于当天上午 10 点带领医疗队到日喀则市妇幼保健院报到，第二天队员们便投入了紧张的工作。

7 月 10 日傍晚，我们几个队友正坐在院内的茶几前聊天，刚刚从日喀则市教育局回来的教育援藏干部石仁勇带回一个"坏消息"：江西省一名五十出头的教研人员应邀到日喀则市作讲座，讲完后刚刚到餐厅打完饭，人便歪倒在桌子底下，心脏停止了跳动。

闻听此讯，大家纷纷变了脸色。

此前，大家还纷纷议论，说已经过了十来天，身体应该适应了，往后再无大碍。

这个消息将我们原本升腾起的那股自信瞬间击打得七零八落，我将刚刚下班回来的医疗队员招呼到一起，对他们千叮咛万嘱咐，一定要把握节奏，不能太拼，安全第一。

人嘛，涉及自身的时候总爱往宽处想。

我们分析，那名老师刚刚进藏就接着讲课是导致死亡的主要原因。假如休整几天再讲，说不定就不会出意外，而我们已经休整了十来天了，应该没事。

没过几天，我们的心情又放松下来，每天饭后到公寓楼下的茶几前坐一会儿，晒晒太阳，聊聊天。

7月14日，山东中医药大学第二附属医院新选拔的援藏人才——麻醉科主治医师李义春独自一人乘飞机赶到了日喀则。

我和日喀则市妇幼保健院院长多吉洛旦到和平机场迎接。

一个身材中等、皮肤黝黑的年轻人按照我们事先约定的地点向我们走来，正是李义春。

从我给单位人事处沟通人选事宜到7月14日，只有两周时间。

回城路上，我跟李义春交流起来，他很健谈，浑身充满着朝气与活力。

他说："7月4日早上，科里交接班时，科主任临时加了一个动员会，说要从科里选派一名同志前往日喀则执行援藏任务，援藏期限一年半。给大家半小时，现场报名！大伙儿登时愣在了那里。原本我是想如果有人报名，我就不报了。结果等来等去，没人报名，我觉得这么僵持下去不是个办法，也有损医院、有损麻醉科的形象。咱是共产党员，关键时候该上就得上。所以，我也没跟韩丹商量，就直接报了名！"

经过深入交流，我了解了他家的基本状况。

韩丹，李义春的爱人，和他在同一家医院工作，是心内科副护士长。两人育有一儿一女，女儿8岁，儿子只有5个月大。李义春本人则刚刚做过甲状腺手术。

什么叫大事难事看担当，这就是担当！

我在内心里悄悄给李义春竖了个大拇指！

经过短短10天准备，李义春来到了日喀则市。

出发前一天，正好是周六。

那天早上，韩丹要去威海参加护理学术会议，她对李义春说："明天我没办法送你了，我们就今天道别吧！"就这样，韩丹一手怀抱着幼小的儿子，一手牵着女儿，由母亲陪着，眼含热泪坐上了去威海的高铁。

李义春苦笑着对我说："没想到我第一次出远门竟然是以这种形式欢送！"

7月16日，李义春进藏第三天，就跟随其他医疗队员到了医院，走上了手术台。

此时，山东全体援藏干部人才已经全部在各自受援单位完成报到，开展工作。

我也利用下班时间跟医疗队员们挨个作了交流，对各位队员的基本情况有了大致了解。

王军，1983年2月出生，山东枣庄人，中共党员，进藏前任山东省妇幼保健院办公室主任。父母均在农村，爷爷年逾八旬；有一儿一女，儿子10岁，女儿1岁；爱人刘维娟在山东女子学院工作。

王刚，1975年4月出生，中共党员，来西藏前系山东省立医院小儿外科主任医师。父母年迈体弱；育有一子，14岁，正上初中二年级；爱人蔡菲在山东建筑大学教书。

柴丽萍，我们医疗队两名女同志之一，1968年10月出生，山西榆次人，中共党员，来前任山东省第二人民医院产科主任、主任医师。丈夫戴文晖和她同在一家医院工作，是影像科主任；儿子在内蒙古医科大学读研究生；母亲在山西老家，年逾八旬。

刘伟娟，女，1971年6月出生，山东威海人，中共党员，来前任山东省胸科医院护理部副主任护师。丈夫李德义和她同在一家医院工作；儿子在武汉同济大学就读本科；父母和公婆均80岁左右，有老年病和慢性病。

宋庆达，1975年6月出生，山东莘县人，农工党党员，来前任山东省医学影像学研究所超声诊断研究室副主任医师。爱人张燕是济南市公安局交警支队槐荫大队二中队的一名民警；女儿刚刚小学毕业，即将读初中。

王保刚，1976年12月2日出生，山东平原人，来前任山东省立第三医院儿科副主任医师。爱人葛庆梅在德州市陵城区卫健局工作；育有一儿一女，女儿即将读高中，儿子一岁半；父母均在老家务农。

家家都有一本难念的经，选派进藏的情形也各有不同，但他们无一例外都选择了服从，来到了西藏。

身为领队，我为拥有这样一批高素质、有觉悟的队员感到自豪和高兴。

时间一天天过去，就在我们各项工作逐渐步入正轨的时候，突然一个噩耗传来：7月30日，上海市第九批援藏人才、上海市儿童医院心内科主治医师赵坚同志因公殉职，年仅38岁。

这个噩耗犹如晴天霹雳，将我们震得目瞪口呆、大惊失色。

我们为赵坚扼腕叹息、悲痛不已。

同为一批援友，都在日喀则市，谁能不受触动？

屋漏偏逢连夜雨，船破又遇打头风。

8月4日，又一个噩耗传来：辽宁省援藏律师程东在那曲市出差途中突发肺栓塞，经抢救无效，不幸去世，享年45岁。

一波未平一波又起，接连而至的两个噩耗重重锤击着我们的心，我们本已脆弱不堪的神经绷到了极限。

恐惧，恐惧，唯一占据我们大脑的就是恐惧！

面对猝不及防的死亡，又有谁能不恐惧呢？

此时此刻，我们终于明白了高原是"身体的炼狱"这句话的含义，也终于明白了隐藏在美丽风景之后的几大杀手：高原脑水肿、肺水肿、心源性猝死……

最最可怕的是，发病之前，毫无征兆，令人防不胜防，一旦发病，几乎瞬间致命，连抢救的时间都没有。

援藏公寓再也没有了前几天的热闹氛围，每天饭后，我们就躺在自己的房间里吸氧，一动也不敢动。

平时最爱说笑的几个队友也不下楼聊天了，每天上下班都是神色凝重。

我向来心大，不怕死，可此时此刻心里也没了底。

我每天躺在床上想得最多的是，下一个猝然离去的会不会是自己？如果有那么一天，我的妻儿老小怎么办？

每念及此，我便坐卧不宁、寝食难安。

本来到了高原，睡眠质量就很差，此时更是彻夜难眠。

一天深夜，我思索良久，披衣下床，坐到电脑前，写下了有生以来第一封"遗书"。

爸爸、妈妈，万杰，我亲爱的儿子、女儿：

当你们见到这封信的时候，我已经离开了这个世界，离开了我深爱的你们。

援藏是神圣的历史使命和政治任务，是无上光荣的事业，也是我作为一名共产党员应尽的责任和义务。

但是高原不比内地，充满了太多不可预知的危险，进藏一月有余，已经有3名同志把生命永远留在了雪域高原。面对高原，生命是如此的脆弱，脆弱到瞬间即逝，连和队友、家人告别的时间都没有。

谁都不知道明天和意外哪个先来，谁也不知道自己会不会是倒下的下一个。

援藏是我自愿来的，打从作出援藏决定那一刻起，我就已经做了最坏的打算，只是怕你们接受不了，没敢告诉你们。

中华民族前进的道路上，总要有人负重前行，总要有人奉献和牺牲。请不要为我过分悲伤和难过，你们应该感到自豪和骄傲，因为我把自己献给了最壮丽的援藏事业，我把生命融入了祖国的江河。不要给组织提任何要求、添任何麻烦。

爸爸、妈妈，你们上了年纪，要坚强，保重身体，这一辈子没能为你们尽孝，请允许我下辈子再做你们的儿子来补偿。

万杰，你更要挺住，因为还有两个孩子需要你精心抚养，如果你倒下了，我们这个家就彻底塌了。

儿子，你已经 16 岁了，要懂得男儿当自强，当此危难之际，要拿出男子汉的气概和担当，帮助妈妈把这个家顶起来。

米多，我最最放心不下的女儿，我还没能看到你长大，你还没有好好享受爸爸的爱，爸爸就离开了你。虽然你现在还很懵懂，但是等你长大，我想你会明白的。

你们安好，便是晴天。

我永远爱你们！

不知不觉，电脑键盘已经被打湿了。

拿纸巾将键盘擦干，突然觉得自己坦然了。

躺到床上，我暗暗对自己说："只要一天不倒下，该怎么干还怎么干！"

翌日上午，我先是将医疗队的队员们召集到一起，开了一个简短的动员会。

我说："我们要敬畏高原，但是不能畏惧高原。敬畏高原就是要尊重自然规律，不能逆着来，如果逆着来，必然会出问题；不能畏惧，就是不能天天吓唬自己，如果长期活在恐惧中，我们也会出问题。"

经过这么一番思想动员，压在队员们心头的石头稍稍松动了些，笼罩在队员们心头的阴霾也逐渐散去。

随着时间一天天过去，饭后到楼下聊天的人渐渐多了起来。

与此同时，两名援藏人才的相继猝死，在整个西藏自治区引起巨大震动。

西藏自治区党委组织部下令所有援藏干部人才返回对口支援市驻地，全部进行健康查体，排查健康隐患，同时安排医疗专家到各市为援藏干部人才作健康辅导和心理疏导，各省市援藏干部管理组也开始进行应急培训，组织应急演练。

我们援藏医疗队自然而然承担起组织山东援藏干部人才应急培训和应急演练的重任。

中心管理组明确规定：援藏干部人才外出必须结伴出行；每晚10点微信群内必须签到；在藏期间不允许个人驾车；出差离开驻地必须报备。

为活跃气氛，我们组建了一个名为"援藏一家亲"的微信群，把援藏干部人才和家属都加了进来。

每天晚上是这个微信群最活跃的时刻。家属们会分享一些孩子的日常，比如在学校表演节目的视频，有时也会谈谈自己"为母则刚"的经历和感想等。

一天，杨书平的爱人王晶在微信群里发了一段视频，我们打开一看，是他们的女儿杨小菡自己创作、演奏、演唱的一首歌曲。

只见孩子坐在钢琴前，一边弹奏，一边深情地唱着：

当我想你的时候，

就唱我为你写的歌，

歌里有湛蓝天空，

白云朵朵；

喜马拉雅雄壮巍峨，

亲爱的爸爸，

那是你勇敢的选择；

是你谱写的援藏歌，

你用行动告诉我，

何谓家与国；

我眺望着，

你奋斗着的圣洁远方；

我愿爸爸归来时，

初心未改梦已真，
时光虽荏苒，
岁月不蹉跎。
噢爸爸你可知道，
冬去春来莺飞草长，
雪山下河流弯弯又长长，
就像我绵延千里的眺望。
当你想我的时候，
就听我为你唱的歌，
歌里有妈妈的挂牵我的思念；
故乡月下荷映碧波，
亲爱的爸爸，
你是我心中的骄傲，
在我梦中的日喀则；
哪怕远隔千万里，
父爱不褪色。
噢爸爸你可记得，
年复一年荷香满塘，
柳荫下泉水叮叮咚咚响，
那是我低声倾诉的盼望！
我盼望着，
你早日凯旋，
回到我身旁，
我愿爸爸归来时，
明湖未改旧时波；
相望眼含笑，

岁月不沧桑。

噢亲爱的爸爸，

我日喀则的爸爸，

你用行动告诉我，

何谓家与国；

噢亲爱的爸爸，

我日喀则的爸爸，

你是我的骄傲，

我的骄傲，

在我梦中的日喀则，

梦中的日喀则。

第二天，我们几位队友跟杨书平聊起孩子这首歌。

几位队友说他们都听哭了，再看杨书平的眼圈已经不知不觉地变红了。

我一句话也没说，不是没话可说，而是不敢说。

我们援藏干部人才在这个群里分享更多的是关于山东援藏的新闻报道、个人援藏感悟等，分享新闻报道是为了让家人分享喜悦，发表感悟则是为了宽家人的心。

郭建伟分享过一首自己创作的名为《援藏人》的小诗："五湖四海援藏人，雪域高原献青春。平凡之中蕴大义，铸牢鲁藏一家亲。舍别小家为国家，放下亲人为人民。干事创业情怀在，奉献精神雪域存。"

…………

往群里分享东西最多的是我，一来我负责山东援藏新闻宣传，所以每有关于山东援藏的新闻报道出来，我都会第一时间发到群里"显摆"，二来我平时喜欢写一些励志散文，也发出来与家人们共享。

一来二去，大家紧绷的神经渐渐松弛下来了。

只是从此以后，我们的床头柜、办公桌、公文包里都多了两种药：丹参滴丸和速效救心丸。

万万没有料到的是，时间不久，领队刘建武的身体又出了问题，血压飙升，高压达到220毫米汞柱，已经对生命构成严重威胁。

日喀则市委经向西藏自治区党委主要领导请示、报中组部同意，刘建武于8月下旬返回山东。

9月12日，山东省第九批援藏干部中心管理组召开党委会议，时任山东省委组织部干部四处副处长王勇宣布省委任职决定，时任山东省统计局副局长马金栋担任山东省人民政府副秘书长、山东省第九批援藏干部人才领队。

此事在我们中间又引起一阵波动，不过很快就恢复了正常。

为保障援藏干部人才健康，援藏干部中心管理组建了一个小药房，由我们援藏医疗队负责打理。

药品消耗最多的就是丹参滴丸。

我只要稍微感到胸闷心慌就吃丹参滴丸，尤其冬天，几乎天天吃。

粗粗算来，3年下来，我吃了不下30瓶，好在速效救心丸从未吃过。

生死考验惊吓人，但是概率很低；生活考验折磨人，谁都无法逃脱。

西藏流行一个说法：生没生病不知道，睡没睡着不知道，吃没吃饱不知道。

这是说，人在高原，经常低烧，睡眠很差，肚子发胀。

长期处于这种环境，可不就是"身体的炼狱"吗？

我们有着太多的不适应。

首先，我们要习惯在公寓内吸着氧气工作和生活。每人都配一条四五米长的氧气管，这样才能保证无论扫地、洗漱还是到书桌前办公，都能吸着氧气，就像拖着一条"长辫子"一样。有时候工作太投入了，猛一起身，或者站起来走动一下，不注意或者忘了戴着吸氧管的事，很容易被吸氧管勒住脖子。由于经常戴着吸氧管，鼻黏膜被严重破坏，每天早晨一擤鼻涕都是血，而脸上则是两道深深的勒痕。一来二去在日喀则市习惯了拖着"长辫子"，回家探亲时反倒不适应了，晚上上床睡觉前第一反应就是找吸氧管，没有吸氧管就感觉不踏实，有时半夜一个激灵突然醒了，醒后第一反应还是找吸氧管，清醒后才发现，自己在济南家中。

当然，我们还要习惯在对口支援单位没有氧气供应的情况下工作。除了午休和夜间在公寓有氧气可吸，上午10点到下午1点、下午3点半到6点半，6个小时的工作时间和上下班路上，我们没有氧气可吸，只能硬扛。

从援藏公寓到日喀则市卫生健康委员会，约有两公里。因为单位用车紧张，我不想给单位添麻烦，绝大多数时间步行上下班，只能慢慢走，不敢走快，一旦走快了，就气喘吁吁。日喀则市卫生健康委员会办公楼共有4层，会议室在4层，每逢开会，我必须先爬到2楼喘上一阵儿，等气喘匀和了再爬两层。有一次，时间比较紧，我一口气爬到了4层，肺部简直就像炸了一样，坐在会议室好半天才喘过气来。

渐渐地，我也学机灵了。无论在自己办公室还是在会议室，能少说话尽量少说话，能说一句不说两句。

说多了，耗氧气；关键是说多了大脑容易"短路"，往往说了上句，忘了下句。

有一次我去白朗县看望刚到不久的济南市援藏医疗队员，明明路上记得清清楚楚，要讲四点，结果讲完第三条就"卡壳"了，怎么也想不起来，搞得自己很尴尬。

从那之后，无论什么场合讲话，我干脆不说具体几点，只说讲几点。

"健忘""卡壳"是每个援藏人的通病。

在西藏待的时间越长，这种症状就越明显。

一天，我和几名队友在楼下聊天。一位队友怔怔地看着我："你叫什么名字来着？我怎么想不起来了。"

他是真想不起来了。

时间进入到 2022 年上半年，我"健忘"的现象越发频繁，先后丢了三副墨镜、两个水杯，事后回忆线索，一点儿头绪都没有。

和缺氧相比，更令人头疼的是低压。

缺氧尚可靠吸氧补充，而气压谁都无法改变。

初到西藏，我们对低压没有直观认识，只是感觉头疼、腹胀、腿软、爱放屁，殊不知造成这一切的罪魁祸首正是"低压"。

进藏不久，牵挂我的同学从家乡寄来一箱食品。

我当时很诧异，包装箱怎么裂成了这个样子？难不成是运输途中磕碰的吗？

等我打开包装箱，一下子就明白了，只见里面的真空食品袋个个像打足了气的气球，摁都摁不动，箱子是被硬生生撑裂的呀！

看着那些膨胀得骇人的食品袋，我想到了自己的身体器官。

此时此刻那些器官或许就像这些食品袋一样处于膨胀状态吧，怪不得肚子一直胀、一个劲儿地放屁呢！

得亏有副结实的皮囊裹着，否则，体内的脏器早就把肚皮撑破了！

除了头疼、腹胀、放屁、腿软，低压带来的另一个副作用便是失眠。

除极个别同志睡眠质量尚可外，包括我在内的绝大多数人都存在失眠现象，有些同志选择长期服用安眠药物，有些同志选择顺其自然。

我因为担心服用安眠药会形成药物依赖，同时顾忌安眠药物给身体带来的副作用，选择了顺其自然。

顺其自然其实一点儿都不自然。

中午从来不敢午睡，怕夜里入睡更加困难。

即便如此，效果也不理想。

入夜，躺在床上，瞪着两眼看着天花板，明明已经困得头疼，偏偏睡不着，越是想入睡，越睡不着。

3年来，我在日喀则就没睡过一个囫囵觉。

有时夜里11点多能睡着，但睡到凌晨两三点就醒了，然后睁眼到六七点钟，再睡一个回笼觉，到8点多就该起床了；有时熬到凌晨两三点才迷迷糊糊睡去，睡到七八点钟；有时则是通宵失眠，那种滋味儿太难受了！

算下来，我平均每天只能睡三四个小时。

相比个别队友借助安眠药物平均每天才能睡两个小时，我已经很满足了。

面对长期失眠，我发明了自己的"对抗之道"。

反正怎么也睡不着，躺在床上更难受，干脆披衣下床，打开电脑写东西，写新闻，写散文，想到什么写什么，什么时候写累了、写困了什么时候睡。

其他队员面对失眠也各显神通，有的选择到活动室和队友打台球、打牌，有的则选择在房间内读书、写论文。

最难熬的是冬天。

有人说，日喀则没有春秋，只有冬夏。因为春天来得很晚，转瞬进入夏季，冬天又来得很早，所以，日喀则的农作物只能种一季。

冬天，万物凋零，空气更加干燥，氧气更加稀薄，呼吸更加困难，每个人的嘴唇都是干的，几天就要脱一层皮。

昼夜温差很大，白天站在阳光下不觉寒冷，到了夜间从头冻到脚。日喀则没有集中供暖，公寓里铺设的地暖是电暖，每天晚上不得不打开地暖应付，房间里更加干燥。

有聪明的队友将用过的纯净水桶剪掉上面一截，里面装上自来水，以此来增加空气湿度，日积月累，房间里装水的半截水桶越来越多，排成一排两排，足有二三十个，竟成了一景。

我是个对生活比较马虎的人，又嫌剪水桶麻烦，就单纯依靠加湿器增加湿度，虽然省了力气，可也有弊端，开关拧小了作用微弱，开大了又有噪声。好在时间一长就习惯了，反正怎么也睡不着，音量大点儿也无妨。

电暖除了令空气更加干燥外，还有个麻烦。不知是用电量过大还是用电时间过长，开关常常失灵，一失灵，加热温度就失控。3年里，我先后3次被热醒，一看温度计，到了二十七八摄氏度，想关又关不掉。没办法，只能更换开关。温度降下来后，木地板"咔咔"作响。

单位办公室是没有电地暖的。我买了一台电暖器，相比电地暖，效果差了很多。身上好说，穿厚一点儿即可，脚却扛不住，每天都冻得冰凉冰凉的，回到公寓用热水泡很长时间才能舒缓过来。

最煎熬的是思念。

尤其是进藏的第一个年头，每当夜晚来临的时候，孤身一人待在房间里，对家人的思念便如野草般疯长。

与家人视频通话是唯一的慰藉方式。

有人说，家乡的概念是随着距离的延伸不断拓展的。人在山东，出生地是家乡；人到西藏，整个山东都是家乡。

不知怎的，到了西藏我们犯了同一个"毛病"，只要在大街上听到熟悉的山东口音，一定要上前攀谈几句；只要在路上看到"鲁"字牌照的车，一定会让司机加速追赶，赶上后摇下车窗问人家山东哪里人。

或许这是思乡之情一种不自觉的外溢吧。

最幸福的时光莫过于我们回乡休假或者家人到日喀则探亲。

每逢家人们到日喀则探亲，公寓里就跟过节一样。

可是家人到日喀则探亲也要面临高原反应问题，这种团聚是有代价的。

一位队友的爱人和孩子在日喀则待了不到两天，便上吐下泻，实在撑不住，带着遗憾返回了山东。

石万杰和两个孩子的情形也好不到哪里去。

石万杰第一次带着孩子探亲时，到拉萨当晚，石万杰就发起了低烧，对西藏一直怀有恐惧心理的她当场打起了退堂鼓，说啥也不想再往日喀则赶了。人都到了拉萨了，怎么着也得到我工作的地方看看啊！我连哄带劝，一再保证挺过头几天就没事了，这才把娘儿仨接到日喀则。

第二次探亲，她们直接飞到日喀则，刚进公寓，女儿就吐了一地，人也蔫了。当时看着儿子情形尚可，孰料到了晚上，儿子开始上吐下泻，最后把酸水都吐出来了，一直折腾到后半夜。后面的时间里，虽然女儿没再有什么剧烈反应，可儿子却一个劲儿嗝气，一直到探亲结束。

后来跟上海援藏医疗队领队万兴旺说起此事，他说："你的心可是够大的，你儿子这是高原肺水肿的前兆啊！"

听完他的话，我不禁一阵后怕，万幸没出什么大事。

离奇的是，有两位队友的家属到日喀则后，例假竟不约而同地提前了，探亲之旅打了"折扣"，搞得两对夫妻非常郁闷。

没有不透风的墙，这件事成了我们茶余饭后打趣两位队友的"谈资"。

虽然吃苦受罪，但家人来，总好过不来。

一次，几位队友的家人结伴来到日喀则探亲。

来自山东省农业农村厅种子管理总站的援藏人才张保友的家人没有来。

尽管他热情地跟每个家属打招呼，可也看得出他独处时眼神中的落寞。

他的爱人田爽听说此事后，还打趣他："是不是看到别人的家属去探亲，我们不去，你就跟幼儿园没有家长去接的小朋友一样啊？"

她说的是"玩笑话"，却一定是张保友的心里话。

尤玉慧援藏一年半了，爱人和孩子始终没有来。

我多次劝他动员爱人和孩子来，奈何他的爱人在医院工作，实在忙得脱不了身，最终也没能成行。

我想，面对其他家人探亲，尤玉慧尽管表现得波澜不惊，内心一定和张保友当时的感受一样吧。

"人是铁，饭是钢，一顿不吃饿得慌。"

人在西藏，饮食对我们而言也是一个很大的挑战。

因为气压低，水烧到八十几摄氏度就沸腾了。

刚进藏那会儿，一位队友到我房间聊天，我泡了一壶普洱茶，结果茶水颜色泛黄，压根儿不是普洱茶应有的深红色。

我怀疑茶是假的。

忽然队友说了句，是水的问题，八十摄氏度的水只能泡绿茶，不能泡普洱。

我这才恍然大悟。

打那之后，我再也没动过那个刚刚掰掉一小块的普洱茶饼。

水温低也有好处，稍微一晾就能入口，不用担心烫嘴。

众所周知，山东人爱吃面食，尤其喜欢面条和水饺，我们也不例外。

只是在日喀则，普通锅煮不熟这两款"山东人的最爱"。

公寓餐厅为此专门配备了"独门神器"——超大型高压锅。

高压锅煮面条，没有多少难度；高压锅煮饺子，可就难了去了。

高压锅一旦拧上盖，其间不能打开。

饺子放到锅里煮多长时间能熟、怎么才能保证饺子皮不破，这些都要靠厨师和我们一起摸索。

我们费了不少脑筋，想了很多办法，比如彻底摒弃"皮薄馅大"的传统包法，将皮擀得厚厚的、馅包得严严的。

遗憾的是，整整3年，无数次实验，我们也没能完全攻克这道难关。

每次出锅的饺子，一半以上会破，那些侥幸不破的吃起来也因为皮太厚，影响口感。

饺子出锅前，还有一项技术活儿。那就是估摸着饺子差不多熟了的时候，要舀上一瓢凉水，不停地往锅盖上浇，给锅盖降温。

如果等着气孔自然泄气，十有八九就成馄饨了。

偶尔，我们会利用双休的时间到街上去换换"口味"。

到外面消费是要花钱的，还得省下钱来过日子，主要还是吃公寓餐厅的饭。

天天吃，纵使山珍海味也有吃腻的时候，何况只是家常便饭呢。

吃了3年公寓餐厅自助餐，回到内地后我一听到"自助"俩字就打怵。

低压、缺氧的滋味不好受，后来发现回内地也不舒服，这才知道还有"醉氧"一说。

2019年底，我第一次回家。

到家后的七八天里，我始终处于昏睡状态，一天睡十几个小时，头还是晕乎乎的，而且特容易入睡，坐在沙发上、靠在床头上，可能刚刚还和家人聊天，转眼就睡着了。

一天，王军的爱人发微信朋友圈，说王军"吃着饭，头恨不能攮到汤盆里"，王军这是吃着饭的时候犯困了。

更要命的是，第一次回家，我除了长时间昏睡，胸口还疼得特别厉害，根本不敢翻身，一连疼了10多天才缓过劲来。

后来分析，长时间在低压下工作、生活，已经习惯了，骤然回到内地，身体又要承受将近两倍的压力，肯定受不了哇！

好在，此后回内地，除了昏睡，再没出现过疼痛的症状。

人啊，没有受不了的罪，只有享不了的福。

时间久了，我们都渐渐适应了，习惯了，或者说麻木了。

一切看似安然无恙，仿佛都步入了正轨，剩下的只是时间和工作问题。

我们都有这种感觉，认为从此以后将波澜不惊、一路坦途。

然而，我们想得还是太乐观了，未来的援藏路上依旧危机四伏、险情不断。

3年时间，我先后经历过五次"惊魂时刻"，每次都惊出一身冷汗。

2019年10月13日，正在白朗县卫生服务中心执行短期结对帮扶任务的济南市中心医院关节外科副主任医师李磊视网膜突然脱落。

2020年4月19日，我的队友臧传荣在公寓内突发昏迷。

2021年4月24日，刚刚入驻昂仁县仅仅两天的淄博市中心医院肝胆外科主治医师李捷突发急性肺水肿。

2021年11月13日，我到中尼边境检查疫情防控工作，车子险些坠落悬崖。

2022年5月15日，我的队友韩东在公寓内突发昏迷。

两名援友、两名临时支医队员发生意外后，我都参与了抢救工作。

虽然李磊受损的只是眼睛，没有生命之忧，但也给我带来强烈的心理冲击：风险无处不在，说不定哪时哪刻哪个环节出问题。

臧传荣发生意外时，我正陪同山东广播电视台《东西有约》栏目制片人袁勇在市区采访。

袁勇后来跟我说："当时你接了个电话，脸色一下子就变了！"

当时是综合组组长杨翠彬给我打的电话，他说臧传荣心脏病发作，正送医急救，让我迅速赶往医院，协调救治工作。

我的心一下子提到了嗓子眼，来不及多想，跑出门外招呼司机就往医院赶。

万幸，臧传荣经过抢救，苏醒过来，后被诊断为高原低血钾。

我第一次知道，除了高原肺水肿、脑水肿、心源性猝死，对人构成生命威胁的还有高原低血钾。

低血钾带来的直接症状就是肌无力，最终导致心脏停搏。

如果不是队友听到臧传荣微弱的呼救声，出门查看，将已经昏倒在电梯口的他及时送医，后果不堪设想。

李捷发生意外是在凌晨。

我当时正在梦中。

忽然手机铃声响起，一看是淄博市援藏干部人才副领队马宁打的。

那一刻，我有一种不祥的预感，没有特殊情况，不可能这么早打电话。

果然，电话接通后，马宁急火火地说："吴哥，我们这边一个叫李捷的医疗队员突发急性高原肺水肿，人已昏迷，现在正用救护车往市里送，麻烦尽快联系日喀则市人民医院准备抢救！"

急性高原肺水肿，死亡率高达70%~80%，相当凶险！

一个激灵，我睡意全无，赶紧从床上爬起来，跟日喀则市人民医院负责人联系，安排专家做好抢救准备。

从昂仁县到市区，270多公里的山路，大概需要4个小时车程，李捷能否挺得住？

我的心里就像装着15只吊桶，七上八下，坐卧不宁，索性赶往医院，现场调度抢救准备情况。

经过漫长的等待、极度的煎熬，终于等来了运送李捷的救护车。

日喀则市人民医院医护人员迅速展开抢救，总算将李捷从死亡线上拉了回来。

主治医生说，再晚送一个小时，人就保不住了。

惊魂初定的我这才静下心来了解事情发生的全过程。

两天前，我刚刚在市区为这批新抵达的淄博援藏医疗队员接风。当时我还劝他们在市区多住两天，好好适应适应。毕竟昂仁县的海拔4350多米，比日喀则市区还要高500多米呢！

可这批队员工作心切，第二天上午就赶到了昂仁县。

谁承想，中间仅隔两天，李捷就得了急性肺水肿。

事发当天，淄博市援藏医疗队队长徐鸿宇的微信突然冒出一条好友申请，显示是李捷的妻子："徐队长，您快去看看李捷吧，我感觉他状态不太好。"

带着诧异，徐鸿宇赶紧去敲李捷的门，可无论怎么敲都没有动静。

徐鸿宇慌了，不停地用力砸门，等门打开，李捷已经瘫倒在地上不省人事。

徐鸿宇赶忙找来其他队员，将李捷送到昂仁县卫生服务中心抢救。

经过一番抢救，李捷的情况稍有好转。

昂仁县卫生服务中心主任边巴判断李捷得的是急性高原肺水肿，建议送往日喀则市救治。

这边医院紧急安排最好的救护车送人，那边徐鸿宇迅速向淄博市援藏干部工作组汇报。

这才有了马宁给我打电话求助的一幕。

康复后的李捷给我讲了事发时的情形："那天一早，迷迷糊糊听到手机铃声，是我爱人打来的，手哆哆嗦嗦接通电话，完全不知道自己说什么，用我爱人的话说就感觉当时说话驴唇不对马嘴。她敏锐地意识到不对劲，赶紧向徐鸿宇求助。后来，徐鸿宇敲门的时候，我听到了，可就是坐不起来。挣扎了好长时间才爬起来，下了床我往门口走，从卧室到门口只有四五米的距离，我挪动了有10多分钟，强撑着把门打开，然后就失去了意识，等再醒来已经躺在医院里了。"

追根溯源，原来李捷进藏前患有感冒，一直没好利索，但他没有在意。

他万万没有料到，人在高原，有时一场小小的感冒也能要命。

得知原因后，我逮着李捷好一顿埋怨，也责怪我自己，当时给他们接风时为什么就没有详细问问、好生叮嘱呢。

这件事给了我很大的警示，从此再有人员进藏，我都会反复叮嘱，如果感冒，一定要等彻底好利索再行动。

这件事也给淄博市援藏医疗队的同志们提了个醒。

此后，每批每名队员的房间都会给队友留一把备用钥匙，以防突发状况发生。

令我感动的是，我原本打算等李捷康复出院后让他终止援藏任务，可他坚决不肯。

他诚恳地对我说："工作怎么安排都可以，但就是别让我回去。"

李捷出院当天就返回了昂仁县，回到了自己的援藏岗位上。

韩东陷入昏迷后，除了抢救过程的惊心动魄，最令我难忘的是，韩东的爱人从一名援藏干部那里得知消息后哭着给我打电话的情形。

那一刻，我能够体会她的那种惊恐和无助。

换到我身上，我的爱人肯定也会如此惊恐。

毕竟看不到现场的情况，不知道人究竟怎么样。

可是，我还得强自镇定、故作轻松地安抚她。

好在有惊无险，人救了回来。

2021年11月13日，根据日喀则市委安排，我作为日喀则市卫生健康委员会副主任，赴地处中尼边境的吉隆县检查指导边境疫情防控情况。

其中一个防控卡点是萨勒乡，位于边境一线。

吃过早饭，我们从吉隆镇出发，需要翻越海拔4000米的拉多拉山。

还从来没有走过这么难走的路。路是土路，蜿蜒曲折，坑坑洼洼，十分狭窄，仅能容一车通行，如遇会车，只能找空间稍大的拐弯处。

路的里侧是陡峭的山体，外侧是深不见底的悬崖。

往前看，尘烟滚滚；往下看，令人眩晕。

车子颠簸得异常厉害，犹如大海里的一叶扁舟，上下起伏，左摇右晃。

我坐在副驾驶位置上，一只手紧紧抓着上方的扶手，时不时就被颠起来碰到头，让我真正体会到了"车在路上颠，人在车里颠，心在肚里颠"的滋味。

然而，就在一个拐弯处，突然迎面雪山上反射过来一片强烈的白光，即使戴着墨镜，我也感受到了眼部的灼痛。

最要命的是驾驶员瞬间失明，再往前几步就是万丈悬崖，吓得我变了声调地大喊："停车！"

司机嘎的一下踩了刹车。

我摇下车窗一看，此时车辆右前轮距离悬崖只有10厘米。

驾驶员看后，吓得直吐舌头。

我已是毛发尽竖，冷汗直流，心脏扑通扑通地跳个不停，好长时间才缓过神来。

太悬了，太险了！

自那以后，我做了好长一段时间的噩梦。

每次都是梦到车子坠落悬崖，然后从梦中惊醒。

"爸爸,你什么时候回你家啊?"
"呃?我家?这不就是我家吗?"
"这是我和妈妈的家,不是你的家!"
"那我家在哪儿啊?"
"你家不是在西藏吗?"

04

爸爸的家

此心安处是故乡。

随着时间的延长、足迹的延伸，日喀则在我们脑海中日渐清晰，对当地的地理、自然、人文越来越熟悉。

日喀则史称"藏"，又称"后藏"。13世纪中叶，西藏地方正式纳入中央政府行政管辖，将日喀则分为6个万户。20世纪初，西藏噶厦政府把日喀则提升为"基宗"。西藏和平解放后，1951年，分别成立日喀则、江孜临时工委；1960年，分别成立日喀则、江孜专员公署；1964年，合并为日喀则专员公署；1978年，改称日喀则地区行政公署；2014年6月26日，国务院正式批准日喀则撤地设市，原县级日喀则市更名为桑珠孜区。

"日喀则"系藏语音译而来，意为"土地肥美的庄园"；桑珠孜亦系藏语音译，意为"如愿以偿"。

桑珠孜区城区有城南、城北两个街道，面积不大，相当于内地一个小规模的县城。

2022年，又新设立了城东、城西两个街道，算是凑齐了"东西南北"，不过总体规模变化不大。

城区内贯穿东西的交通主干道是珠峰路和青岛东路，贯穿南北的交通主干道较多，由西往东，依次为山东路、上海路、黑龙江路、吉林路，以对口支援日喀则的四个省市命名。

城区东侧是年楚河。年楚河是雅鲁藏布江中游最大的支流，发源于喜马拉雅山脉北麓康马县境内的桑旺错，流经康马、江孜、白朗、桑珠孜4县区，从桑珠孜区汇入雅鲁藏布江。年楚河全长223千米，流域面积11130平方公里，该流域土地肥沃、物产丰美，自古就是发达的农业区，这也是日喀则被誉为"西藏粮仓"的原因所在。

当地人称年楚河为"年曲""酿曲""娘曲"，"曲"在藏语中就是"河、水"的意思。

因为桑珠孜区位于年楚河下游，所以又称"娘麦"。

此前我们对年楚河一无所知，但对著名歌手韩红唱的那首《家乡》耳熟能详，"我的家乡在日喀则，那里有条美丽的河，阿妈拉说牛羊满山坡，那是因为菩萨保佑的，蓝蓝的天上白云朵朵，美丽河水泛清波，雄鹰在这里展翅飞过，留下那段动人的歌……"歌中那条"美丽的河"就是年楚河。

沿青岛东路往东走到年楚河西岸，即是山东援建的明珠湖，明珠湖北侧是贡觉林卡，"贡觉林卡"系藏语，"贡觉"是"普度众生"的意思，"林卡"指"公园"。

日喀则市博物馆馆长巴桑次仁告诉我们，这里曾经是七世至十世班禅的行宫，由七世班禅丹白尼玛于清道光五年（公元1825年）兴建。原名德吉经堂，后因道光皇帝用藏、汉、蒙、满四种文字写下"贡觉林宫"金字匾额，遂改名"贡觉林宫"。

贡觉林宫规模宏大，宫殿和公园占地面积约53公顷，公园内古木参天，郁郁葱葱，仅百年以上树木3000多株，千年以上树木百余株，主要树种有藏青杨、左旋柳、沙棘等，每年8月份，日喀则人民会在公园内举行盛大的活动。

殊为可惜的是，1954年，贡觉林宫被年楚河的洪水冲毁。后国务院拨专款50万元在城区西南方向选址修建了"德庆格桑颇章"，又称班禅"新宫"，原址成为公众休闲林卡，二十世纪六七十年代更名为"东风林卡"，2002年恢复原名"贡觉林卡"。

贡觉林卡南大门是一座仿建的3层高藏式门楼，林卡内宫殿早已荡然无存，古树仍在。有些古树已经枯死，或矗立或横卧，给人沧桑之感。

沿年楚河直下正南，过联阿大桥，即是江洛康萨国家湿地公园，湿地公园沙棘遍布，绿草青青，是天然的休闲、健身、骑马之地。

其间有个约4公顷的草地，盛夏开满邦坚梅朵（一种常见的小野花，意为草原的点缀之花），被誉为"花海"。

城区北行十几公里，是著名的雅鲁藏布江，浩浩荡荡，横无际涯，流向东方。

青岛东路西连喜格孜步行街，穿过步行街即到扎什伦布寺南门。

扎什伦布寺背依尼色日山，原名娘麦尼玛东，因旭日东升，清晨的第一缕阳光照在该山山顶，故得此名（尼玛，藏语，意为太阳；东，前面或最早）。尼色日山藏语意为"太阳光"，故扎什伦布寺全称为"扎什伦布白吉德钦曲塘结勒南巴杰瓦林"，意为"吉祥须弥聚福殊胜诸方州"。

明正统十一年（公元1446年），宗喀巴大师的第八弟子、一世达赖根敦珠巴为纪念去世的经师希饶僧格，聘请工匠在日喀则精心铸造一尊2.7米高的释迦牟尼镀金铜像，为安放铜像，由根敦珠巴主持，于明正统十二年（公元1447年）开始兴建措钦大殿，明天顺三年（公元1459年）落成。

此后，又经过多轮扩建，形成了现在的形制、规模。现在的扎什伦布寺占地面积15万平方米，僧侣房舍57间，所有殿宇房屋共3600余间。

扎什伦布寺坐北朝南，依山而建，房舍鳞次栉比，次第衔接，错落有致，措钦大殿与大佛殿屋顶以传统藏式宫殿形式设计，从中掺杂了中原宫殿飞檐斗拱特征，屋顶瓦片以闪亮的金黄色鎏金覆盖，蓝天碧日下，看上去金碧辉煌，格外壮观。

扎什伦布寺是国务院公布的第一批全国重点文物保护单位，也是国家5A级景区。

现在的日喀则市区与我2019年第一次去相比，变化很大。

市区内店铺林立，餐饮业尤为发达。

出乎我们意料的是，喝酥油茶和甜茶，吃藏面、藏饼的茶馆不少，另外开得最多的是川菜馆、火锅店，其次是陕西面馆，再就是东北的铁锅炖、饺子馆，山东菜馆只有一家，且隐藏在一个不起眼的巷子内。

藏餐馆以藏式火锅为主，藏菜为辅，藏式火锅与普通火锅现吃现涮不同，所有菜品均提前放入铜锅，里面有牦牛舌、牦牛肉包鸡蛋、牦牛肚、莴笋片、鸡块、胡萝卜片、土豆片、粉条、豆腐，开锅之后取食即可。另外，再点几个配菜，比如酸萝卜炒肉、羊头、牛头、血肠、炸羊排、糌粑等，就是一桌宴席。

在藏餐馆吃糌粑需要蘸着酱料。起初，我们只当是普通的辣酱，结果蘸着酱把糌粑吃下去之后，藏族朋友告诉我，那酱是用生肉、西红柿和辣椒一起捣制而成的。我生性粗犷，没觉得有问题，但有些队友一听受不了了，再也不吃第二口了。所以，每逢有内地同事、朋友前来日喀则，我请他们品尝藏餐时，都会等到他们全部吃完才告诉他们"真相"。

最令我引以为豪的是，2019年冬天，我和杨书平等几名队友曾应日喀则市科技局党组书记贡桑大姐之邀，到一户藏族人家吃过一次最正宗的藏餐，体验了一把藏族同胞的待客之道。

那户人家的男主人名叫米吉(米玛多吉简称),女主人名叫巴桑卓玛。米吉的家是一座上下两层的藏式民居。

大门敞开,身着藏族盛装的巴桑卓玛双手捧着哈达,笑吟吟地站在里面迎候。

我赶紧趋步上前,弯下腰去,巴桑卓玛一边将洁白的哈达披到我的脖颈上,一边说着"扎西德勒",我用刚刚学来的礼仪回礼,双手合十,说:"扎西德勒!"

接着,巴桑卓玛又将一只盛满青稞酒的小碗端到我跟前,我有些不知所措。

贡桑大姐指引我,伸出食指先在碗里蘸一下,然后向空中弹一下,我照做,重复3次,然后抿了一小口。巴桑卓玛随即帮我添满,我又抿了一口,巴桑卓玛又添满了,最后我干完一碗,才算完事。这就是藏族迎宾仪式中有名的"三口一杯"。

贡桑大姐说,先献哈达、再敬青稞酒是藏族的迎客礼仪,寓意祝福客人吉祥如意。以前条件差的时候,往往用糌粑(青稞粉)点在肩头来替代。往肩头点青稞粉是很有讲究的,男右女左,来宾是男性要将青稞点到右肩头,来宾是女性要点到左肩头。当然,哈达献法也是十分讲究的,给不同辈分、地位的人献哈达的方式迥然不同。

待到所有来宾一一迎接完毕,米吉和贡桑大姐等人便引领着我们上楼梯。

上到二楼顿觉眼前一亮,视野随之开阔,中间是一个宽大的平台,上方罩着玻璃顶,南北两侧和西侧是房间。

米吉领着我们径直走向北屋。

北屋是一个四五十平方米的大客厅,四周摆满花花绿绿的藏式家具,东、南两面是连排的藏式沙发和依次摆放的藏式茶几,客厅中间一个大大的八角茶几,上面摆满各类酒水和饮料,一把敞口大铜壶摆在当中。

米吉介绍说这是一把老酒壶，是用来倒青稞酒的。

客厅西、北两侧的博古架上摆放着各种铜器、老式相机、留声机、黑白电视机、老式钟表……令人目不暇接。

客厅北侧上方挂着历代领袖的大幅画像。

画像右下方摆放着"切玛"。"切玛"是藏族同胞供奉的一种吉祥物，寓意五谷丰登、吉祥如意，它是一个用木料制作的长方形木斗，内部由隔板分为两部分，分别盛放炒麦粒和糌粑，里面插满染得五颜六色的青稞穗和麦穗。每逢举行重大仪式、欢度藏历新年或有重要客人来访时，藏族同胞都会摆放"切玛"。"切玛"前面摆着7个碗碟，分别盛放糖果、枣和油炸食品。

欣赏完客厅各类陈设，我们纷纷落座。

座位没有宾主之分，随意组合，随处落座。

茶几上摆放着水果、糖果和米吉自家炸的麻花等。

坐在那里，细看茶几和沙发上画的画，米吉看我好奇，又主动给我介绍，这些家具买的时候没有图案，这些画是买回家后专门请画工画上去的。

如此精致而又繁杂的绘画，不知画工要费多少工夫才能完成。

客厅虽大，并不清冷，紧挨着八角茶几的天然气暖炉正呼呼地烧着。

这时，巴桑卓玛和一位同样身着盛装的女士各拎两把暖瓶走了进来。那位陌生的女士向我走来，经介绍，她是米吉的妹妹，名叫卓嘎。

卓嘎热情地问我喝甜茶还是酥油茶。

甜茶和酥油茶我都喝过。我总觉甜茶太腻，酥油茶又有点咸，味蕾总是不太适应这些东西，可盛情难却，出于礼节，我选了酥油茶，卓嘎熟练地打开壶盖给我斟满一杯，我端起来，轻轻吹了一下上面的油花，抿了一口。哇！味道出乎意料的好！

我转头问前来陪客的日喀则市科技局副局长尼琼，为什么这杯酥油茶和我以前喝过的味道不太一样?

尼琼笑了,他说酥油也是分好多等级的,这是用得最好的酥油。

我抿完第一口酥油茶,一直站在旁边的卓嘎很快又为我续满,连着喝了3次,卓嘎续了3次。

我恍然大悟,只要我不停地喝,卓嘎就会一直站在跟前及时为我续满。

哪好意思让人家一直候着啊,在卓嘎又一次续满后,我不再端杯,卓嘎这才转身去为其他朋友斟茶。

正品着茶点,一个小伙子托着一个热气腾腾的托盘走了进来。

他先走到我跟前,将托盘放到茶几上,里面盛放着手抓羊肉和土豆,还有一碟辣椒酱。

小伙子请我品尝,我抓起一块羊肉,蘸了点辣椒酱,肉未入口已是清香扑鼻,及至入口更是柔嫩鲜美,从来没吃过如此美味的手抓羊肉!吃完羊肉,我又抓了一个已被蒸得皮开肉绽的小土豆,入口沙绵,味道不错。这种土豆是藏土豆,长得小巧玲珑,要不了两口就能下肚。

小伙子端着托盘来回让了两圈,除土豆略剩少许,手抓肉已所剩无几,基本每个人都吃了两三块。

这是前奏,真正的宴席尚未开始,可我的胃已经被填得半饱了。

过了一会儿,主人开始陆续上菜,集中放到临时对起来的两张茶几上,共有八道。

我们围坐到餐桌四周。贡桑大姐一一给我们介绍菜名,藏血肠、清炒牛蹄筋、红烧牦牛肉、藏香猪烧土豆、藏萝卜炖排骨、清蒸玉米和山药,当中摆放的一道菜最为夺目,两个羊头分别被一劈两半后对角排放。

贡桑大姐说,羊头是藏族家庭过年时才会上的一道菜,寓意从头开始。

足见米吉一家对我们一行前来的重视。

藏族人招待客人一般都是先吃菜、吃饭，过后将菜肴撤掉，才开始喝酒。

藏族人管这叫"酥修"，意为饭后酒，一帮人围坐在那里，一杯杯干喝。

"酥修"很有讲究，要在规定时间内喝完几杯酒，否则要罚你喝双倍的酒。

这次宴席没有完全按照西藏规矩来，边吃边喝。

贡桑大姐、尼琼老兄和米吉相继敬酒，每人3杯，接下来便是相互敬酒。

同行的藏传荣对青稞酒很感兴趣，巴桑卓玛特意拿来一只银碗给他斟上，银碗边上还点了一块指甲大小的酥油。

用银碗喝青稞酒是藏族同胞流传下来的一个习惯，一方面银有试毒功能，用银碗盛酒是为了让客人放心，证明此酒无毒，可放心饮用。另一方用稀有器具盛酒，表示对客人的尊重。

进入相互敬酒环节，气氛更加热烈。这时，米吉的母亲在巴桑卓玛、卓嘎的陪同下来到我们身边。

米吉给我们介绍，阿妈名叫次仁卓玛，次仁在藏语中是长寿的意思，卓玛代表仙女。

阿妈人如其名，年逾七旬，身子骨还很硬朗，满面笑容，精神矍铄。

我们亲切地称呼她"阿妈拉"。

阿妈拉用藏语跟我们说，她年轻的时候曾经跟着进藏的解放军修过工事，最远到过距离日喀则市500多公里的聂拉木县。

听着老人的叙说，望着老人那刻满沧桑的脸庞，我们肃然起敬！

贡桑大姐说，阿妈拉对我们一行的到来非常高兴，这是他们家自从建起新房之后第一次来这么多尊贵的客人。

按照藏族人的理解，来人越多越能给家里带来财气和幸福，所以老人无论如何要过来跟我们见面叙谈。

据我了解，藏族同胞除非儿女婚嫁、添丁进口或者过年才会这般热闹，平时很少有这种热闹场面。

巴桑卓玛说，好几个邻居都问她，今天家里有什么喜事，这么热闹！

其间，巴桑卓玛和卓嘎两人分别给我们敬酒，敬酒前每人都高歌一曲，没有丝毫的扭捏，更是将气氛推向高潮。

敬酒间隙，我和几个朋友怀着强烈的好奇心对卓嘎的服饰探究了一番。

卓嘎开心地给我们一一介绍，红珊瑚、老蜜蜡、绿松石……好多都是祖传的。

卓嘎说，这些饰品只有在盛大节日或者家里来客人的时候才会穿戴。

这顿藏餐让我们开了眼界、长了见识，成为一生难忘的记忆。

与藏族同胞相处越来越久，对于西藏尤其是日喀则了解也越来越多。

初见藏族同胞，不要问"贵姓"，因为绝大多数藏族同胞没有姓氏。

藏族同胞起名很有意思，主要分为五大类：一是良好祝愿类，比如次仁，意为长寿、长命百岁；扎西，意为吉祥、繁荣昌盛；顿珠，意为诸事完成、事事顺心；桑珠，意为顺心如意；片多，意为顶得住、用得上；多布杰，意为壮硕、壮大。二是宗教类，如丹增，意为护持佛法；群培，意为弘扬佛教；曲吉，意为乐于佛业。三是自然界物体类，如达瓦，指月亮；尼玛，指太阳；白玛，指莲花；梅朵，指花。四是根据出生日期来起，比如初一出生，取名次几；初三出生，取名次松；初八出生，取名次杰；星期一出生，取名达瓦；星期二出生，取名米玛；星期三出生，取名拉巴；星期四出生，取名普布；星期五出生，取名巴桑；星期六出生，取名边巴；星期日出生，取名尼玛。五是地名类，如堆穷、亚东、堆龙、仁布等，后缀"巴"，表示这个地方的人，如宗喀巴，意为宗喀地区的人。当然，各类可以搭配，比如米玛多吉，意为太阳、金刚；扎西次仁，意为吉祥、长寿。

见了藏族同胞，不要贸然猜年龄。藏族同胞生于高原、长于高原，长年风吹日晒，难免面容沧桑，有的人明明三四十岁的年龄，看上去却可能是五六十岁的模样，所以，你如果根据相貌去猜测年龄，可能会出错。

藏族同胞相互之间的称呼很有意思，年轻男性称"阿久"，已婚女性称"阿佳"，未婚女性称"普姆"，年长男性称"波拉"，年长女性称"莫拉"，称呼后面加一个后缀"拉"，比如"阿妈拉""主任拉""阿佳拉"，以示尊敬。

日喀则以前没有现代蔬菜概念，只有藏萝卜、藏土豆和野生的青菜。20世纪90年代末，山东援藏将蔬菜大棚种植技术引入日喀则，经过20多年的不懈努力，在白朗县建起了万亩蔬菜种植基地，成为雪域高原"蔬菜革命的摇篮"。同时，随着交通的便利、物流的发达，越来越多的内地蔬菜源源不断运入西藏，西藏人民的菜篮子越来越丰富。

"白朗蔬菜"成为山东产业援藏、产业扶贫的重要品牌。不仅改变了藏族同胞的生产生活方式，也改变了藏族同胞的思想观念。白朗县是日喀则市在脱贫攻坚战中率先"摘帽"的县，也是人均存款最多的县。依靠蔬菜种植富裕起来的藏族农牧民提起山东援藏赞不绝口。

刚刚引进蔬菜大棚种植技术那会儿，他们可不这么想，他们认为汉族人种的蔬菜是"草"，只有牛羊才吃"草"。几经周折，好不容易推开了，又闹出很多笑话。有位叫扎西的农民，在山东技术人员指导下种了一棚西红柿，待到西红柿成熟的时候，扎西惊慌失措，赶紧向技术员"求援"："不得了啦，西红柿不知得了啥病，全变红了。"把技术员惹得哈哈大笑，告诉他，西红柿熟啦，可以去卖啦，扎西这才转忧为喜。还有一位菜农将采摘的莴苣拿回去煮着吃，回头对山东技术人员说："这个菜太难嚼了，嚼不烂啊！"那位技术人员问她咋做的，她说"剁剁就放锅里煮啦"，原来是没削皮。

作为一名山东援藏人,我们对此感到无比自豪,也更加激发起要在雪域高原干出一番事业来的雄心壮志。

西藏除了春节这个法定假日外,还有藏历新年,而且各地藏历新年时间节点不同步,时间最早的是林芝市的工布江达新年,是十月一日;和春节距离最近甚至可能重合的是拉萨新年。

每逢藏历新年,机关事业单位放假7天。

日喀则的藏历新年是十二月初一,又称"日喀则农事新年""后藏新年",意为开始干活之前的新年。

既然要过新年,年货必不可少。

日喀则的年货市场琳琅满目,具有浓郁的地方风情和民族特色。

每年阳历十二月份,也就是藏历十一月份,位于日喀则市区的年货市场便热闹起来。

牦牛肉、羊肉大量供应,家家都会买上一些做风干牛羊肉。

他们的牦牛肉论块卖(一头牦牛分四块)、羊论只卖。

买家看中哪块牦牛肉或哪只羊,自己掂一掂,看看卖家要的价钱合适不合适,合适成交,不合适就算,讨价还价的很少。

一次,我到喜格孜步行街闲逛,只见七八只宰好的羊一溜排开,大小不一,可卖家给出的都是一个价钱,自己相中哪只抱哪只。

我只是随口一问,遂转身离去,卖家也不挽留。

除了牛羊肉,还有作为寓意丰收吉祥的五色青稞穗、供奉神灵的油炸食品卡塞和德卡、各种奶渣和干果、院门前悬挂的香布、房顶上插的塔觉、骨粉做的羊头、铜锅、铜壶、毡帽、皮靴、藏装……走在琳琅满目的市场上,跟着摩肩接踵的人群,让人恍惚有种在山东赶大集的感觉。

藏历十一月二十九是日喀则藏历新年的"除夕夜",因为藏语"九"发音接近"古",这天当地人都会吃一种类似面疙瘩的食物,藏语称"突巴",所以藏族人称这天为"古突夜"。

当天要举行"古恰"活动，即把内屋外屋、厨房、院内院外彻底打扫干净，所有男同志当天要剪头发或洗头，并于当晚举行驱邪送鬼仪式。

当地流传着一段关于古突夜的"祝福语"：今天是古突，祝亲戚朋友们团团圆圆喝古突，开开心心吃古突，年年都有古突吃，吃完古突就长寿，吃完古突就健康，吃完古突就快乐，吃完古突就吉祥，吃完古突就扎西德勒！

吃"古突"，最有趣的要数包"馅儿"。将面和好后，揪成一个个指腹大小的面团，将人参果、奶渣等食材包进去。主妇还会特别准备石子、辣椒、羊毛、木炭、硬币、瓷块等东西包进去。

"古突"下锅前，一家人一人拿起一个糌粑团在身体各个部位擦拭，握在手中，印上五指印儿，扔进准备好的破陶罐中，寓意将身体里的病灾祛除。

"古突"煮熟后，一家人满怀喜悦地围坐在客厅一起吃团圆饭，畅聊过去一年的收获与喜悦，以及对新一年的美好憧憬。

谁若吃到了石子，就说这个人"心肠硬"；谁若吃到了辣椒，就说这个人是"刀子嘴"；谁若吃到了羊毛，就说这个人"心肠软"；谁若吃到了木炭，就说这个人"黑心肠"；谁若吃到了硬币，就说这个人要"发大财"；谁若吃到了瓷块，就说这个人"好吃懒做"。

因此，这顿年夜饭吃的是妙趣横生、笑语不断，充分体现了藏族同胞诙谐幽默的天性。

吃完"古突"，大家把碗里剩下的几粒"突巴"倒入陶罐中，作为即将赶走的"鬼"的路餐。

准备就绪后，家里的青年人，一个人拿着破陶罐走在前面，另一个人点燃火把，一边高喊着"出来，出来"，所有房间逛一遍，最后跑出"大门"，举行"驱鬼仪式"，跑到巷口垃圾桶旁将火把扔掉，随后点燃烟花爆竹，喜悦欢快的气氛弥漫在家家户户，填满了整个城市上空。

赶鬼人返回家门时,还要经过一阵"盘问"。

屋里人问:"你从哪里来?"赶鬼人须回答:"我从开心的地方来。"屋里人继续问:"要到哪里去?"赶鬼人须回答:"我到快乐的地方去。"

倘若没答对,屋里人还要对赶鬼人继续捉弄一番。

过完"古突"夜,是"三十",当地人称"郎康",这天人们要挂香布、插塔觉、煮牛肉、切羊头,所有女同志当天要梳洗头发,为年初一做准备。

初一一大早,女主人煮一锅放有糌粑、红糖、人参果、奶渣和青稞酒的"羌枯",给每人送上一碗。喝完"羌枯",青年人会到离家最近的泉口,舀上新年第一桶水"新水",现代城市里,则由女主人打开自来水龙头接新年的第一桶水,迎接新年的"头福"。家人都起床后,一家人互致新年祝福,然后开始梳洗打扮。按照传统习俗,一家人要盛装迎新。男性长辈外着氆氇藏袍,头顶金丝帽,脚蹬藏靴;女性长辈身穿真丝绸缎衫,搭配无袖藏袍,胸前佩戴绿松石、玛瑙、珊瑚等首饰;小辈们也都穿上了崭新藏装。梳洗打扮后全家人一起吃人参果米饭"卓玛折塞",喝早茶。天亮后,每家派两名代表,一人端着切玛,一人提着青稞酒壶,挨家挨户到街坊邻居家拜年。正月初二到十五,开始到亲戚朋友家拜年。拜完年,大年初一一般不再出门,都在自己家里跟家人团聚。听说,在农牧区,习俗性的活动就更多了,也更有趣。比如大年初一,家里小孩儿早上要到外面捡牛粪,到田里采土块儿,大年初三自家楼顶挂经幡,敬家神,随后一起敬村神,最后男女老少穿着盛装齐聚一堂,围成一圈,开始跳锅庄舞,其中也少不了先辈流传下来的各种舞蹈。遗憾的是援藏期间我未能一一领略。

日喀则农区和牧区有一道独特的风景线,就是家家户户墙上贴着密密匝匝、挨挨挤挤、圆乎乎、黑乎乎的"饼子",有的人家将这些饼子摞在墙头上。

起初，我以为这是装饰品，一问才知道是牛粪饼。

我很纳闷，这些牛粪一个个大小怎会如此均匀，外形又如此一致？莫非这里的牦牛有特异功能，拉出的牛粪天然就是这种形状和大小？又莫非这里气压低导致的，牛粪落了地自然成了扁圆形？低气压下的物体只会膨胀，哪里能够给压扁呢？我脑子里不断打着问号，百思不得其解。

当我向藏族朋友巴桑和盘托出自己的疑惑时，巴桑乐了，他说您的想象力也太丰富了，这都是人加工后贴到墙上去的呀！

生活处处皆学问，对于神秘的西藏，我是一个一无所知的学生，而在这片土地上生活的每个人都可以当我的先生。

巴桑侃侃而谈，我洗耳恭听。

西藏民间有句谚语，"一块牦牛粪，一朵金蘑菇"，可见其在藏族同胞心目中的珍贵程度。

对于牛粪和羊粪，藏族同胞的处理方法不一样，羊粪直接晒干堆到一旁，留作燃料。羊粪火力温和，燃烧时间长，牛粪火力旺，燃烧时间短。藏族群众一日三餐烧火做饭取暖熬酥油茶，都靠牛粪和羊粪，牛粪用来做饭熬茶，羊粪则主要用来保温。

老百姓都是先把牛粪积到一起，里面掺入青稞秸或者干草，然后往里浇水和成泥，再用手将其团成一团，贴到墙上压成饼状晾晒。

看一户人家生活是否富裕，看看他们家的牛粪饼子多少就能知道个八九不离十。牛粪多少和藏族同胞饲养的牦牛数量息息相关，牛粪多说明这户人家饲养的牦牛多，饲养的牦牛多自然财富就多。

牛粪饼子在揭下来当作燃料之前，首先有保温和保护墙壁的双重作用。

乡下藏族民居多是土木结构，贴上密密麻麻的牛粪饼，土墙壁如同披了一层厚厚的蓑衣，寒冷的冬季风吹不透，多雨的夏季雨淋不透。

晾透晒干的牛粪饼子非常坚固，又很轻便。野外，特别是在牧场，很多人家会用它垒成羊圈，既防羊乱跑，又能为羊遮风挡寒。

日喀则的藏族同胞有用牛粪火灰烙"帕廓"的习惯。"帕廓"系藏语，"帕"意为"面饼"，"廓"意为"圆圈"。把用牛奶和成的面加入酥油，摊成饼状，扒开牛粪火灰，将饼平放在火灰上，再盖一层牛粪火灰，不时翻看，等烙好后存放起来，随吃随取，既好吃又好看。以前，西藏条件艰苦，农牧民将面饼做成圆圈状，用绳子穿起来，做成干粮，长期食用。

等到牛粪饼化为灰烬，又是很好的草木灰，藏族同胞将这些草木灰倒入茅厕里，将来施到田地里可以肥沃土壤。

牛粪饼多的人家会将多余的牛粪饼拉到城市去卖，一化肥袋子牛粪饼大概能卖二三十块钱。既解决了城里人的需求，又为自己增加了经济收入。

我曾经认为烧牛粪只在乡下存在，结果后来问了几个城里的藏族同事，冬天几乎家家都烧牛粪，做饭靠它，取暖也靠它，可见牛粪跟藏族同胞的生活联系有多么紧密。

除了这些，牛粪还是吉祥的象征。"古突"之夜，藏族同胞吃"古突"时，谁若吃到"牛粪"，那谁就是最有福气的人。

藏历新年初一出门纳新时，在路上看到谁家牛粪好，会乘人不备拿上几块装进背篓里，再在取牛粪的地方撒些糌粑，祝那家人吉祥。回家后，把请来的牛粪贴上酥油花，称为"牛粪新"，放进牛棚里招福纳祥。

藏族人家结婚，要在特定位置中央悬挂用五彩哈达挽成的象征婚礼吉祥物的彩箭，彩箭下方摆放一袋上好的牛粪、一袋纯正的青稞和一桶清水，上面各系一条洁白的哈达，象征新婚夫妇婚后生活美满，儿孙满堂。

藏族人家要乔迁新居，新居里会供奉汤东杰布（据传说，当年汤东杰布曾演藏戏募捐修建雅鲁藏布江铁索桥，又被称为铁桥活佛，藏戏演员、铁木工匠均尊奉他为祖师）塑像、一袋上好的牛粪和一桶清水，寓意房屋千秋永固，主人生活富裕、幸福安康。

与乡下民房墙上贴满牛粪不同，日喀则市区很多民房，无论老房子还是新房子，门楼上方和围墙上都堆满劈柴。

这些劈柴的主要功用是防止出现大的雪灾，还有防盗、美观的间接作用。

藏族同胞有个很重要的传统，就是过林卡。

过林卡，就是冰雪消融、流水潺潺、芳草茵茵、绿树成荫的美好时节，藏族同胞或一家出动或几家邀约，找一处林卡，搭起帐篷，埋锅造饭，掷骰子、喝啤酒、跳锅庄、做游戏，简单概括，就是吃喝玩乐、集体狂欢。

现在，过林卡已经泛化，不再局限于林卡节那几天，只要是风和日丽的美好时节，逢到周末，随时都可以招呼一帮人去过林卡。

我应藏族同事之邀，到位于日喀则市桑珠孜区东嘎镇境内、雅鲁藏布江北岸的东嘎林卡过过几次林卡。

东嘎林卡内五颜六色的帐篷密密麻麻，外围停满车辆，远远望去，就像一个繁华的市场。

过林卡也是先吃饭后喝酒。每人面前摆五瓶啤酒，规定五分钟内全部喝完，否则，就要加罚啤酒，还要背着任意一位同事绕帐篷一圈。

喝得差不多了开始掷骰子、比输赢，然后根据输赢喝酒。每个人掷骰子时都用力很猛，帐篷内不时传出沉闷的"砰""砰"声和掷骰子的人的吆喝声。有的人则伴着音响，挥洒自如地跳锅庄舞，也不管有无观众，自娱自乐，沉浸其中。

有人说，藏族同胞打生下来，只要会走路就会跳舞，只要会说话就会唱歌，天赋异禀，果然如此。

锅庄舞看上去并不复杂，但我一直没有学会。

现在的林卡是百姓的林卡、大众的林卡。

西藏和平解放前则不然，过林卡只是达官贵人的专利。

能够到林卡消暑度假的，只是三大领主及生活比较富裕的中上层人士。西藏民主改革以前，在拉萨嘎木夏林卡、尼雪林卡、喜德林卡、日喀则的"吉采"林卡等地，穿着艳丽服装的有钱人，搭起的帐篷一个比一个高大，一连三五天、七八天野营露宿在林卡里，狂欢极乐，而在帐篷四周，总有一群群衣衫褴褛的"帮古"（乞丐）和卖唱的流浪艺人眼巴巴地等待着达官贵人的施舍。

西藏和平解放特别是民主改革后，百万农奴翻身做主人，生活逐渐富裕，也拥有了过林卡的权利。

于是自冰雪消融，春回高原，直到北风袭人的初冬，多半年里，过林卡的人络绎不绝。每逢节假日，更是达到高潮，很多单位也会组织员工过林卡。

日喀则定结县陈塘镇出产一种很有特色的"酒"——鸡爪谷酒，是由当地的夏尔巴人酿造的。

有人说，陈塘沟里封存着夏尔巴人的原始档案。著名的珠峰向导就是夏尔巴人。鸡爪谷酒是夏尔巴人的专属和最爱。

鸡爪谷，学名穆子，广泛分布于东半球热带亚热带的一种粮食作物，因其产地不同，称谓也不一样，鸭脚粟、广粟或拳头粟、龙爪稷、龙爪粟、鸡爪粟、鹰爪粟、鸭爪稗、碱谷等，称呼不一。

鸡爪谷，是西藏的专有称谓，主要分布在察隅、墨脱、错那、波密、吉隆、陈塘、樟木等海拔 2500 米以下的暖湿地带。细究方知，是因为该作物的穗状花序有 3~10 枚，呈指状排列于茎顶，常作弓状弯曲，形似鸡爪，故名"鸡爪谷"。

西藏出产鸡爪谷的地方不少，可要想喝鸡爪谷酒，却只能在陈塘喝到。

鸡爪谷酒的酿制流程大致是这样：先将脱了粒的鸡爪谷上锅蒸熟，再将蒸熟的鸡爪谷倒在竹箅子上晾干，然后加入适量自制酒曲拌匀，再装入袋中，用棉被包上增加温度，过一两天后再将鸡爪谷装入坛或者塑料桶中发酵。

陈塘镇特有的温湿气候培育了特殊的微生物菌群，鸡爪谷放置几天后，酒就酿成了，且存放的时间越长，酒越醇香。

鸡爪谷酒之所以能成为夏尔巴人的最爱，不是偶然的。据说，鸡爪谷酒不仅能够舒筋活血、解除疲劳，还能帮助产妇催奶。另据医书记载，鸡爪谷有补中益气之功效，主治肠胃疾病。

饮用时，一只做工精美、高约20厘米、直径四五厘米的木筒里装满发酵好的鸡爪谷，一支细细的竹管插在中间。

将沸腾的开水注入木筒，随着开水渐渐注满，木筒表面开始出现乳白色的液体。

饮用鸡爪谷酒，要用嘴裹紧吸管使劲吸，直到能发出响声为止，这是饮酒的最高礼仪，表达对敬酒人的尊重。

鸡爪谷酒入口微酸，饮完之后，却有一点点甘甜和清香。

鸡爪谷酒具有很强的欺骗性，喝着很淡，后劲很足。

朗玛厅是藏族文化中一个独特的存在，它是藏族朋友夜间正餐结束后继续聚会的重要场所，在那里既可以打骰子、喝酒，也可以尽情跳舞。

2021年的一天，日喀则市卫生健康委员会办公室主任罗布次仁热诚地邀请我："主任，我今天想请您跟着一起到朗玛厅里体验一下我们藏族人的夜生活！"

这还是我进藏两年来第一次听说"朗玛厅"。

"朗玛厅？"我喃喃自语，一头雾水，罗布次仁在电话那头听出了我的疑惑，给我解释，就是到那里喝点小酒、唱唱歌、跳跳舞什么的。

我说："那不是歌舞厅吗？"

罗布次仁听后大笑，赶紧说："您放心，跟歌舞厅可不一样，没有陪侍，绝对绿色，它就是咱普通藏族百姓聚会的一个地方，等到了您就知道了。"

听闻此言，我爽快地答应下来，决定到这个神秘的地方一探究竟。

这期间发生了一个有趣的小插曲。

那天，罗布次仁是这样安排的：我们几个人先到一个酒吧里喝酒，喝完酒后再去朗玛厅。

我哪里知道日喀则的酒文化呀，我想当然把到酒吧喝酒理解成了吃酒席，谁承想到了那里才知道，根本就没有饭菜，只是纯粹喝酒。

我犯了难，空着肚子喝酒哪儿受得了啊。

罗布次仁一听我没吃饭也犯了难，一个劲儿地向我道歉，说都怪自己没说清楚。

我们一行只得离开酒吧，找了一家能吃能喝的小餐馆吃了饭。

晚上9点半左右，饭吃饱了，罗布次仁提醒我该动身前往朗玛厅了。

我们打了辆出租车，直奔朗玛厅。

从外面看，朗玛厅是很不起眼的一个小门头，属于典型的藏式民居。

及至上到二楼，进去一看，才发现别有洞天，场地很大，足有七八十平方米，里面摆着数排藏式茶几和沙发，分割成七八个单元。

里面已经坐了几位藏族同胞，但是人不多，罗布次仁告诉我，现在才刚刚开始，一会儿会更加热闹。

果不其然，我们刚刚坐下不久，客人便三三两两、陆陆续续地走了进来，不到1小时，朗玛厅里便已座无虚席、人满为患，来的客人里很少有汉族面孔，多是藏族同胞，有老有少，有男有女，以中青年为主。

伴着悠扬的六弦琴音乐，一帮人围坐在一起，有说有笑，更多的是打骰子、喝啤酒、到位于西北角的一个小舞台上集体跳锅庄。

我对打骰子一窍不通，所以我们只能喝酒聊天，看藏族同胞跳锅庄。

藏族同胞跳锅庄那叫一个汪洋恣肆、酣畅淋漓，将骨子里、血液里带着的那股乐观、活泼的天性展示得淋漓尽致。

锅庄跳完后，还有藏族歌手献唱。

藏族同胞在朗玛厅里一般都要熬到凌晨三四点，这对于我们内地人而言，是很难承受的。

不过藏族同胞的精力十分充沛，第二天上午正常上班，啥也不耽误，不由让人想起那些牦牛。

脚下沾有多少泥土，心中沉淀多少真情。

3年的援藏生涯，我们深深地爱上了日喀则这片热土，爱这里的万水千山、生灵草木。日喀则成为我们心目中的第二个故乡"家"。

不仅我们如此，我们的孩子竟然也认为日喀则是"爸爸的家"

2020年10月中旬，我带患有先天性心脏病的藏族孩子回济南手术。

那是我进藏后第二次回家。

回家没几天，女儿忽然用稚嫩的声音问我："爸爸，你什么时候回你家啊？"

"呃？我家？这不就是我家吗？"我愕然。

"这是我和妈妈的家，不是你的家！"女儿反驳。

"那我家在哪儿啊？"我问。

"你家不是在西藏吗？"女儿反问。

"西藏是爸爸工作的地方，这里才是我的家！"我继续解释。

"不，这不是你家，你家在西藏！"女儿固执己见。

"这——"我语塞了。

这么小的孩子，再怎么解释也不会开窍，索性由她。

只是，怎么会突然冒出这么个问题呢？

思来想去，估计跟两个月前她与妈妈、哥哥到日喀则探亲有关，她把我住的公寓当成了"西藏的家"。

真是人小鬼大！

我离家赴藏的时候，她只有一岁多点，还啥都不懂，只知道醒来之后见不到我，满屋子找我，一遍遍地问"爸爸呢，爸爸呢？"

才一年的工夫，变化就这么大。

要说呢，变化也不是没有踪迹可循。

2019年底，我第一次回家，她跟奶奶和妈妈去机场接我。

此前，我想象了无数遍她迈着小腿张着胳膊欢快地奔向我的样子。

可等我出了机场，她见到我，竟把头扭到一边，不看我。

这才半年不见，陌生了还是腼腆了？

脑子里打着问号，我从她妈妈怀中将她接过来，禁不住心疼不已、心酸不已。

可事实很快证明，她对我不是陌生，而是腼腆。

上车后，我抱着她，和她奶奶坐在后排。

途中，她奶奶说："过来，让奶奶抱着，你爸爸累了！"

可她坚决不肯到奶奶怀里去，也不说话，就那么静静地趴在我怀里，趴了一路。

到家后，我上洗手间。

透过门上的磨砂玻璃，隐隐约约看见门外有个小小的身影站在那里。

是女儿！

我开门的瞬间，她已经颠颠地往客厅跑了，还是腼腆。

母亲跟我说："怪不得呢，刚才我说她，在那站着干吗，快到客厅来，光冲我摆手，就是不过来！这是一直在等你！"

我心里那个最柔软的地方瞬间被击中了。

女儿这是想我，想寸步不离跟着我，只是腼腆，不好意思表达。

饭后，我坐在沙发上泡脚。

她颠颠跑到鞋柜那里给我拿了一双拖鞋放在我脚跟前，依旧不说话。

中间，我打了个喷嚏，她又颠颠跑到厨房，对正在厨房忙饭的妈妈喊："爸爸的衣服呢？爸爸的衣服呢？"

哦！敢情只是不跟我说话，跟妈妈说话的嗓门还不低呢！

她是看我打喷嚏，以为我感冒了，所以才跟妈妈要衣服。

从路上紧紧依偎、进门一路跟随到拿拖鞋、要衣服，我的心里暖暖的也酸酸的，半年不见，女儿真的长大了。

还不到两岁，心思就已如此细腻，细心贴心又暖心。

那天晚上，忘了是个什么节骨眼儿，她终于开口说话，跟我互动，接着一发而不可收，又说又唱，又蹦又跳，一直闹腾到凌晨1点多才睡。

睡觉前，她往外撵我，"爸爸，你去那屋，这是我和妈妈的房间！"

但她没说，"这是我和妈妈的家。"

望着熟睡的女儿，回想离家半年来通过视频看到的有关她的种种。

每次想要跟她视频的时候，她总是躲到一边去，仿佛我是一个陌生人，丝毫没有想我的意思。

可是偶尔她会拿着自己的玩具手机，摁着键盘胡乱戳上一通，然后装模作样地拿起玩具手机放到耳边。

"喂——"

她妈妈问她在做什么，她用稚嫩的声音说："给爸爸打电话。"

一天，早上醒来，她对她妈妈说："妈妈，我梦了一个梦。"她妈妈问她："你做了什么梦啊？"她满眼欣喜地对妈妈说："我梦见爸爸回来啦！"语气里带着无限的欢快、喜悦与幸福。

其实，她想爸爸。

2020年7月，她跟妈妈和哥哥到日喀则探亲，一家人终于在高原相聚。

那段时间，我只要有空就带着她到外面转，她很快乐。

探亲结束，我送她们去机场。

一路上，我紧紧抱着她，她没有表现出恋恋不舍。

她们回到济南后，石万杰跟我说，飞机快要起飞的时候，她冲着乘务员不停地哭喊："不要走，不要走，我爸爸还没上来呢！等等我爸爸！"

她在飞机上哭了好长时间。

仅仅时隔两个月，等我回到济南，她突然就冒出了"爸爸，你什么时候回你家"这么个问题。

应该就是到日喀则探亲的缘故，她认为我住的公寓就是我的家。

说明这小东西开始有思想、会思考了呢。

听着这个幼稚好笑的问题，看着她认真的表情，我想笑却笑不出来。

2021年7月，她再次跟妈妈和哥哥到日喀则探亲。

她似乎又长大了许多。

一天我领着她乘电梯下楼，她忽然问我："爸爸，你的白头发怎么这么多了？"

我早就知道进藏后自己的白头发多了很多，天长日久习惯了，从来没觉得有什么。

可这次经由女儿的嘴巴说出来，我的鼻子酸酸的。

女儿眼很尖，心也很细，她关注爸爸的每一个细节，既出人意料，也令人感动、感叹、感慨：不在身边的孩子，长得真快啊！

8月14日，农历七月初七，正是中国的传统节日"七夕"，传说中牛郎织女踏着鹊桥万里相聚的日子。

因为儿子学校发了通知，要求务必于8月16日前返回济南。

我不得不送别娘儿仨。

这次临别，女儿有心事了。

我一如既往地抱着她往机场入口走，她头俯在我肩膀上一言不发。

送走她们，正往市区走。

石万杰发来一段视频，只见脸色蜡黄的女儿带着哭音一个劲儿地念叨："爸爸，爸爸……"

唉！看着视频，我的那颗心哟！

此后，我又两度回家。

一次是 2021 年 10 月中旬带日喀则新一批先天性心脏病患儿回济手术，一次是 12 月底回家休假。

10 月中旬回家那次，女儿刚刚入幼儿园 1 个多月。

我跟石万杰去幼儿园接她。

当她看到我的时候，像只欢快的小鸟一样张着两只小胳膊向我跑来。

我弯下腰，她一下扑到我的怀里。

我把她抱起来，她则顺势往上一纵，两腿夹住我的腰，就像个"人形挂件"一样。

她"咯咯"地笑个不停，笑一会儿就左右吻我的脸，有点像小鸡啄米。

我抱了她一路，进了家她才恋恋不舍地下来。

那次回家，她又问："爸爸，你什么时候回你家？"

当我告诉她在家待几天的时候，她嘟着嘴说："怎么这么短呀？！"

12 月底回家休假，她中间又问过我几次："爸爸，你什么时候回你家？"

2022 年 7 月底，我结束援藏任务回到家中。

起初，她还是问这个问题。

当我告诉她"再不离开她"的时候，她有些不相信。

时间长了，看我始终没走，她确信我不会离开她了，再没问过这个问题。

虽然没有就这个问题和医疗队员们详细交流过，但我知道，每个人的情形都是相似的。

"那一刻,我们有一个共同的心愿,就是一定要珍惜一年半的援藏时光,以倒计时的心态,珍惜每一分每一秒,尽己所能,最大限度地为藏族同胞守护健康,唯有这样,才能对得起党的重托和人民的期望!"

05

共同的心愿

面对恶劣的自然环境、艰苦的生活环境,是消极应付还是积极应对,是躺平苦熬还是埋头苦干,是每个援藏人的必答题。

"与其苦熬,不如苦干",我们援藏医疗队用实际行动给出了响亮而又鲜明的回答。

我们没有一个人抱着"援藏是镀金,仅仅是过客"的心态虚于应付,面对美丽而又贫瘠、辽阔而又荒凉的日喀则,我们每个人都把这里当成了自己的第二故乡,做西藏人、当西藏通、办西藏事,成为每个人的政治自觉和感情自觉。

我们没有一个人将"在高原躺着就是一种奉献"作为自己消极懈怠的理由,面对日喀则落后的医疗卫生条件,我们人人都有一种坐不住、等不起、慢不得的紧迫感!

我们没有一个人抱着"遭罪"的想法苦撑苦熬,面对"似乎一眼望不到头"的漫漫援藏长路,我们想得更多的是如何在有限的援建时光内奉献自己的聪明才智,干点儿有意义、有价值的实事和好事!

我们每个人都在"走上几步就呼呼带喘"的雪域高原拼命奔跑；

我们每一天都在各自的工作岗位上紧张而有序地奋斗着忙碌着；

我们用心血和汗水填写了一张来自世界屋脊的"山东医疗援藏答卷"！

下面是我们3年援藏的"成绩单"：

"争取资金4000万元，实施日喀则市妇幼保健院门诊综合楼新建暨院区改造项目，新建面积4354平方米，改造面积1840平方米，新增床位46张；为日喀则市妇幼保健院争取编制15个，引进、招聘医技人才30人；医院门诊量增长35%以上，出院人次增长46%，手术台次由原来每月不足5台次增至每月30余台次，门诊业务收入增长翻一番，住院业务收入增长超过60%；医院通过'二甲'初评。"

"筹集资金1000余万元，发起实施'鲁藏一家亲·共圆健康梦·齐鲁医疗高原行'活动，累计救治先天性心脏病、白内障、斜视弱视等各类患者1700余名。"

"为日喀则市培养精神卫生医生13人，支持受援5县区医疗机构创建精神卫生科。"

"指导济南、青岛、烟台、淄博、潍坊等5市援藏医疗干部和'组团式'援藏医疗队争取资金1.5亿元，新建、改扩建县乡两级医疗机构19处；5家受援县级医疗机构全部通过'二乙'评审。"

…………

这是一张粗略的"成绩单"，每个看似简单的数据背后包含着我们多少心血与汗水，每件看似简单的工作背后又隐藏着多少不为人知的努力与辛酸？！

这些资金和编制，是我们克服重重困难和阻力，千方百计争取来的！

这些工作和活动，是我们一步一个脚印，实打实拼出来、干出来的！

任何事情的发展，都有一个循序渐进的过程。

任何成绩的取得，都是一个日积月累的过程。

对于我们来说，也是如此。

刚搬进援藏公寓那会儿，我心里话，一天都这么难熬，这要熬到什么时候才是个头啊，就像小时候跟着父母下地干活一样，似乎看不到地头。

然而，待到慢慢适应、渐渐熟悉之后，我们的想法变了、心态变了。

最先带给我们强烈冲击的是日喀则市妇幼保健院基础差、底子薄、人员少、医疗条件差、医疗水平低的落后面貌，给我们兜头泼了一瓢凉水。

带领医疗队到妇幼保健院报到那天，一进院子，一座门诊楼、一座住院楼、一座行政楼，各不相连、相互独立，院内除了几棵树和一个只长草的花坛，啥都没有，看病就医的人寥寥无几，整个医院空空荡荡、荒荒凉凉。

当时我们的心就凉了半截。

接下来的座谈更是让我"头大"。

索朗多布杰向我们介绍了有关情况：日喀则市妇幼保健院成立于1996年，等级二乙，现有编制40人，实际在岗人员只有38人，医技人员28人，其中12名医技人员被市委组织部派到村里驻村维稳，真正在岗开展工作的医技人员只有16人；床位只有60张，实际利用的不到40张，关键是学科不全，人才匮乏。

我知道日喀则落后，但是没有想到会这么落后，日喀则市妇幼保健院相当于我们山东一个普通的乡级卫生院！这跟我的心理预期差距太大了。

我当时就想，要想在这种单位干出点名堂来，那真是难上加难！

尽管如此想，可我没有表现出丝毫失望。我深知，作为领队，我是主心骨、定盘星，如果我士气低落、意志动摇，整个医疗队都将气泄针芒，士气可鼓而不可泄，我必须稳住。

我做了简短的动员讲话，对医疗队和日喀则市妇幼保健院的同志们提出了三点希望："一是要旗帜鲜明讲政治。医疗队的同志们要始终把旗帜鲜明讲政治摆在首要位置，增强'四个意识'、坚定'四个自信'、做到'两个维护'，站在讲政治的高度，深刻认识做好对口支援工作的重大意义，切实增强做好工作的政治责任感和历史使命感，以'不忘初心、牢记使命'主题教育为动力，时刻牢记'来到日喀则为了什么、来到日喀则干些什么、3年后为日喀则留下什么'3个问题，在雪域高原坚守初心，在对口支援中勇担使命，在为民服务中寻找差距，在日常工作中狠抓落实，用新理念助力新发展，用新作风展现新作为，用新思维创造新成绩。二是要诚心诚意讲团结。不是一家人，不进一家门；进了一家门，就是一家人。党组织的重托、藏族人民的期盼，将相隔万里之遥的我们凝聚到一起，是难得的缘分。大家相聚一起、共事一年半，缘分弥足珍贵，无论是医疗队的同志还是妇幼保健院的同志，都要倍加珍惜。大家要坦诚相待、真诚以待、热诚以待，做工作中的好同事、生活中的好朋友。三是要齐心协力促发展。我们从黄海之滨来到世界之巅，从泉城济南来到雪域高原，虽然困难重重，挑战多多，但我相信，大家一定有信心克服困难，有能力应对挑战，扎根日喀则，心系日喀则，情牵日喀则，心无旁骛干工作，心无挂碍干工作，一心一意干工作，把全部心思放到工作上。大家要发扬特别能吃苦、特别能战斗、特别能忍耐、特别能团结、特别能奉献的老西藏精神和'两路'精神，做到'海拔高，斗志更高；气压低，标准不低；风沙硬，作风更硬'，脚踏天路，砥砺前行；脚踏实地，勇往直前，以实际行动将对党的忠诚写在雪域高原，将党和政府的关怀与温暖送给藏族同胞，将山东人民的深情厚谊带到日喀则。要紧紧围绕提升妇幼保健院综合服务能力和规范化管理水平，瞄准创建"二甲"的奋斗目标，扎实做好组团帮扶、精准帮扶，打造特色品牌，搞好传帮带。同时，妇幼保健院的同志们也要深刻认识到我们自身基础的薄弱性、面临形势的严峻性、奋斗目标的艰巨性，抓住专家团队组团帮扶的历史机遇，切实增强竞争意识、创优意识，同心同德、同心同向、同心同行，齐心协力把我们的妇幼保健院建设好！最后，让我们携起手来，在雪域高原共同续写鲁藏一家亲的动人篇章！"

掌声响起，但不热烈。

我明白，医疗队的同志们心里没底，鼓起掌来自然没有劲头。

我揣测，日喀则市妇幼保健院的同志们鼓掌不热烈，怕是早已习惯了目前的状况，对我们的到来也不抱太大期望，甚至可能还有点儿质疑的味道。

座谈结束，各位医疗队员分头到各自岗位对接，我则返回山东援藏公寓。

中午，医疗队员们返回公寓就餐。

餐后，我和大家围拢到一块儿，了解上午的对接情况。

王军苦哈哈地说："主任，妇保院的基础太差了。初步了解一下，各项管理规章制度不全，行政管理科室除了一个办公室，啥都没有，这咋弄啊？"

王刚搭话："怪不得来之前我在网上查妇保院的资料查不到呢，规模太小、层级太低，关键是这里没有儿外科，我想做手术也做不了！"

柴大姐说："这里妇产不分家，好多内地常规项目都没开展，工作难度不小。"

刘伟娟叹口气："主任，上午看了看，各项护理都不规范！"

宋庆达幽幽地说："超声科，就俩人，一个是返聘的，一个是还没取得执业医师资格的青年医师！两台超声设备都是中低端的，还得承担放射科的透视和拍片工作。"

王保刚皱着眉，嘴咧成了八字，说："儿科还不如超声科，加上我就俩人！"

听着队员们诉苦，我的心里五味杂陈。

可我明白，现在还不是拍板定案的时候，万里长征才刚刚起步，军心岂能乱？必须稳住，而且要让队员们继续深入了解情况，了解得越透彻，把困难估计得越充分，越有利于后面对症下药。

我沉思片刻，语气缓慢而又坚定地对大家说："行家伸伸手，便知有没有。你们一搭眼，就了解到这么多情况。日喀则市妇幼保健院确实比我们预期的要落后得多，但这正是派我们来援藏的原因，越是落后，留给我们的舞台就越大、空间就越大。大家先不要急着下结论，从现在开始，你们就正式投入工作了。万事开头难，但只要开了头，深入进去了，就会更加熟悉情况，摸清症结所在，思路、对策也就慢慢有了。"

接下来发生的两件事，深深地震惊、触动了医疗队员们，也激起了医疗队员们"大干一场，改天换地"的雄心壮志。

7月16日，李义春到日喀则市妇幼保健院报到。医院麻醉方面的情况让他瞠目结舌：医院没有独立的麻醉科，月平均手术不足5台，以局部麻醉为主，偶尔做一例剖宫产需要请日喀则市人民医院的麻醉医师。

正暗自感叹医疗条件落后的工夫，一位藏族同事找到了李义春，说有个患者需要做剖腹探查加双侧输卵管结扎手术，问他有没有好的麻醉方法。

李义春查看了患者术前检查结果，发现没有麻醉手术禁忌，便告诉同事，可以采用效果更好的腰硬联合麻醉，随即着手手术准备。

可令他万万没想到的是，日喀则市妇幼保健院竟然没有麻醉药和麻醉穿刺包。

李义春立即将这一问题向院长多吉洛旦做了汇报，多吉洛旦带着李义春到日喀则市人民医院麻醉科借来了药品和麻醉包。

好不容易做好了术前准备工作，没想到跟患者进行麻醉前谈话的时候，问题又来了。

患者来自牧区，从小未接受文化课教育，认为腰硬联合麻醉对神经有损伤，打完麻醉人会变傻。

李义春便请当地同事当翻译，开始耐心细致地向患者讲解，可任凭他讲得口干舌燥，患者死活不同意接受麻醉手术。

一台手术眼看就要前功尽弃。

这时患者的妹妹从外边进来了。

李义春经过交谈，得知患者的妹妹目前在西藏大学就读，这次回来是专门照顾她阿佳（姐姐）做手术的。

李义春重新燃起了希望，决定从她身上找突破口，让她做阿佳的思想工作。

功夫不负有心人，李义春首先从科学角度做通了她妹妹的工作，又由她妹妹说服了阿佳。

手术在腰硬联合麻醉下于 11 点 30 分开始，麻醉效果完善，手术历时 40 分钟顺利结束，术中患者生命体征平稳。

12 点 10 分，患者顺利返回病房，患者及家属嘴里不停念叨着"拉托其"（谢谢）。

这是日喀则市妇幼保健院第一台腰硬联合麻醉手术，麻醉新技术的开展填补了该院建院以来的空白。

这项手术不仅缩短了手术时间，减少了手术创伤，也缩短了患者住院时间，加速了患者术后康复。

但令人遗憾的是，与这名患者同病房的一位患者明明已经亲眼见证了麻醉手术带来的好处，内心也想接受手术，但架不住一旁的婆婆一个劲儿地摆手阻拦，最终还是接受了传统手术。

此后几天，柴大姐接诊了一位藏族意外妊娠患者。

经诊断，患者已终止妊娠，需做流产手术。

当柴大姐将诊断结果告诉患者时，患者呜呜地哭了。

起初，柴大姐还以为患者哭是心疼腹中的孩子。

经过细问她才知道，患者是惧怕人工流产带来的疼痛。因为此前她已有过3次流产经历，每次都是传统人工流产术，折磨得她痛不欲生。

听到这里，柴大姐震惊了！她万万没有想到，在医疗技术已经如此发达、无痛人流手术已经如此普遍的今天，日喀则市竟然还在采用这种落后的手术方式。

很快，柴大姐和李义春、宋庆达三人联合为患者做了可视化无痛人流手术。

术后，患者千恩万谢，不久又专门给三人送来一面锦旗。

望着那面锦旗，柴大姐脸上笑着，心却哭了。

这两件事，进一步加深了我和医疗队员们对日喀则市妇幼保健院医疗水平的了解。

我们深深意识到，西藏落后的不仅仅是医疗技术，还有部分人的思想。

实践出真知。

眼看队员们对各自岗位的情况已经熟悉得差不多了，思想转变了，思路也打开了，我组织队员们开了一次小型讨论会。

讨论的核心主题就是"进藏为什么，在藏干什么，离藏留什么"。

围绕这个主题，大家敞开胸襟，各抒己见。

士气不再低落，内心充满感情，语言富有激情，每个人的境界、思路都打开了。

队员们都憋着一股劲儿，一定要尽已所能，推动日喀则市妇幼保健院的医疗水平上一个新台阶。

如果说，进藏前，大家报名援藏凭的还是党性的自觉、人性的善良，多的是感性的冲动；进藏后的经历与见闻，尤其是这次讨论，则让山东首批"组团式"援藏医疗队的干部人才对于援藏有了深刻的思索与理解，多了理性和冷静。

柴大姐说:"那一刻,我们有一个共同的心愿,就是一定要珍惜一年半的援藏时光,以倒计时的心态,珍惜每一分每一秒,尽己所能,最大限度地为藏族同胞守护健康,唯有这样,才能对得起党的重托和人民的期望!"

李义春的话则别有一番见地,他说:"通过第一例手术,让我们意识到,开展对口支援,不仅要注重临床工作,更要了解当地藏族同胞的思想动态和生活习惯,走进他们内心深处,搞好宣传教育和医学知识科普,想方设法转变他们的思想。"

我做了总结发言。

我说:"如果你将援藏当作一项苦差,阳光下你也会感到寒冷;如果你将援藏当作一项事业,寒风中你也会感到温暖。一年半的时间,说短不短,说长不长。要么苦熬,要么苦干。熬的滋味很苦涩,只能是苦熬;干的感觉很辛苦,定然是苦干。苦熬与苦干,一字之差,天壤之别。苦熬,看着舒舒服服、悠哉游哉,实则内心空虚、苦不堪言,每一天都是煎熬,可谓度日如年;苦干,看着辛辛苦苦、忙忙碌碌,却是内心充实、过得踏实,每一天都有收获,必须争分夺秒。苦熬,最没意思;苦干,最有价值。苦熬,越熬越苦,越熬越没劲,熬来熬去,一事无成;苦干,越干越勇,越干越有劲,干来干去,必有所成!所以说,与其苦熬,不如苦干!人生苦短,一年半的时光何其宝贵,我们没有任何理由让它虚度;我们亏欠家人,更要让这份亏欠变得有价值。否则,我们不仅辜负党和人民的重托,无颜见两地父老,也愧对妻儿老小,更对不起自己所受的罪,对不起自己的人生,对不起自己的良心!"

我话锋一转,接着说:"古人讲,授人以鱼不如授人以渔。我们援藏医疗队的使命不是顶岗看病,更多的是搞好传帮带,要准确把握输血和造血的关系,通过我们的努力,通过一批接一批医疗队的努力,最终实现从硬件到软件、从扶持到扶智、从输血到造血、从代替到带路的转变!"

思想是行动的先导,理论是实践的指南。

有了明确的思想、鲜明的态度,就有了一往无前的动力!

有了清晰的思路、科学的指导,就有了攻坚克难的方向!

一场讨论,吹响了援藏医疗队的"冲锋号"。

一锤定音,锚定了大家援藏的态度、前进的方向、攀登的路径。

我们,只有一个心态:与其苦熬,不如苦干!

我们,只有一个念头:干就干他个轰轰烈烈!

我们,只有一个目标:干就要实现四个转变!

接下来的岁月里,我们每个人就像上紧了弦的发条,在呼吸带喘的茫茫雪域砥砺前行,在不适宜跑的莽莽高原"加速奔跑"!

那,几乎是玩命地干!

制定行政管理、医疗护理、感染管理制度,理顺业务职责、医疗流程……

成立医务科,组建麻醉科,创建小儿外科……

说来容易做来难。

每项制度、每条职责、每个流程,都不是内地医疗机构相关内容的简单复制和嫁接,王军作为日喀则市妇幼保健院分管行政管理的副院长,带领同事们一个环节一个环节地梳理,反复推敲论证。

每个新科室尤其是业务科室的组建,都不是十天半月就能完成的事,从人员选配到设施配备,既需要资金也需要时间。

组建麻醉科,创建小儿外科,部分设备是医院采购的,部分设备是从医院的设备仓库里"挖"出来的,还有部分设备是医疗队员从各自援派单位"化缘"来的。

一个偶然的机会,一名医疗队员跟着藏族同事去仓库找东西,结果发现了"宝藏"。只见里面堆放着好多没拆封的医疗设备，那名藏族同事也说不清具体有哪些设备、干什么用，只知道放在仓库好久了。

"不能让设备躺在仓库里睡大觉，一定要变废为宝！"我闻听消息大喜，指挥队员们到仓库里"寻宝"。

这一"寻"，好家伙，收获还真不小，寻出大大小小价值40余万元的医疗设备。

这一"寻"，既让这些医疗设备"重见天日"，有了用武之地，也为日喀则市妇幼保健院减轻了经济负担。

我和医疗队员们为此感到兴奋的同时，也意识到一个深层次问题："为什么会出现先进的医疗设备躺在医院睡大觉的情况？关键是人才匮乏，没人会用！如果人才培养不起来，配再先进的医疗设备也没用！"

别无选择，唯有苦干实干，加速奔跑！

随着麻醉科的组建，特别是无痛人工流产术和腰硬联合麻醉下剖宫产手术及术后镇痛、新生儿气管插管抢救等新技术的成功应用，日喀则市妇幼保健院的手术数量快速上升。

柴大姐"宝刀不老"，干劲丝毫不输年轻人，有时连续几台产科手术做下来，累得心慌气短。

我和其他队员都劝她休息几天，可她根本闲不住，总是稍事休息就又走上了手术台。

宋庆达和王保刚无论精神状态还是身体状况都挺好，可即使这样，也有顶不住的时候。

2019年8月的一天，医疗队员们下班归来。

我看见宋庆达脸色蜡黄、无精打采，王保刚也是满脸疲惫，便关切地问两人怎么回事。

宋庆达说感觉有点心慌，王保刚有气无力地说："累的！"

原来，当时正值幼儿园孩子入园查体高峰期，是超声科和儿保科最忙的时候。

宋庆达说："连孩子带孕妇，每天工作量70人次左右，贡桑医师到拉萨培训一个月，拉巴老师有事请假，门诊超声科只有我一个人值班，最多的一天做了108人次超声检查。"

儿保科尽管工作内容与超声科不同，可工作量几乎相当，且也是由王保刚独自支撑，不累才怪！

每天那么大的门诊量，还要兼做其他原本应该由助手完成的工作，纵使铁打的又能蹾几颗钉呢？

想想的确令人心疼！

可是没有办法，两人稍事休息，第二天又披挂上阵，毫无怨言。

相比其他按时上下班的援藏干部人才，柴丽萍、李义春、宋庆达的作息是最没规律的。

有时仨人因为手术，不能准点下班，等回到公寓，预留出来的饭也凉了，只能凑合着吃几口，或者回宿舍泡桶方便面充饥；有时仨人正吃着饭，接到医院通知，有紧急手术，仨人二话不说拔腿就往医院赶；有时凌晨五六点钟甚至一两点钟，其他人都在睡梦中，仨人却因有紧急手术已经赶往医院。

须知，日喀则和山东将近两个小时的时差啊！

这对本来睡眠就差的他们而言是多么大的挑战和考验啊？！

然而，对他们来说，这早已是家常便饭。

睡眠不足，只能强忍；体力不够，只能硬撑！

因为他们知道，工作岗位离不开他们，藏族同胞需要他们！

他们所做的努力还远远不止这些，帮带学员、建章立制、流程再造……

柴丽萍、王刚、宋庆达、刘伟娟、李义春、王保刚都组建了科内微信群，白天忙工作，晚上开网课，分秒利用，分秒必争。

凡是对日喀则市妇幼保健院有用的事，他们都不遗余力去做；

凡是对日喀则的藏族同胞健康有用的事，他们都全力以赴去干！

为了应对"人才荒"，我首先推动日喀则市卫生健康委员会党组同意，协调日喀则市人社局批准，由妇幼保健院面向社会自主招聘了15名医护人员，为医院注入了新鲜血液。

短短3个月时间，妇幼保健院的变化就显现出来了。

多吉洛旦作为院长，对医院的发展变化感觉最为敏锐和直观，他感慨地说："自打山东援藏医疗队来了之后，医院门诊量、出院人次等各项业务指标明显好转、不断攀升，手术台次由原来每月不足5台增至超过30台，最关键的是老师们处处当模范、做表率，注入了正能量，现在医院推诿扯皮的少了，担当作为的多了；牢骚抱怨的少了，积极向上的多了；消磨时光的少了，主动学习的多了！"

面对取得的成绩和变化，我们做好对口支援工作的信念更加坚定。

没有小满则成的成就感，只有时不我待的紧迫感，一如既往往前赶，往前干！

2020年1月30日，大年初六。

此时正当武汉新冠疫情肆虐、全国各地白衣战士逆行湖北支援之际，一支医疗小分队从济南遥墙国际机场悄然登程，飞赴日喀则。

他们是山东首批"组团式"援藏医疗队的队员。

此时，距离他们从日喀则返回山东休假还不到一个月时间。

时间回溯到1月28日上午9时，当时我正携妻将雏在德州市陪父母过节，忽然接到日喀则市卫生健康委员会工作人员打来的电话："根据市委、市政府安排，援藏医疗队7名队员须于1月30日返回日喀则，投身疫情防控。"

挂断电话，我犯了难。

按照休假计划，我们将于2月底进藏返岗。

对于一年只休一次假的援藏干部人才而言，两个月的假期分分秒秒都是那么难得和宝贵，可现在却要硬生生将他们的假期缩水一个月，我于心何忍？又该怎么向队员们开这个口？

可我也深知日喀则市委、市政府的苦衷，一旦防线失守、疫情输入，以日喀则的医疗卫生条件和水平，对患者将是较大的威胁，请援藏医疗队员提前返岗实在是迫于无奈呀！

思来想去，我先向马金栋书记做了汇报。

马金栋书记对此大力支持，并对援藏医疗队进藏返岗提出几条要求。

我又硬着头皮挨个给医疗队员打电话通知。

我原本以为队员们会抱怨几句甚至可能会推三阻四。

我想了，如果队员们抱怨，我就耐心听着；如果推三阻四，我再好好做工作。

毕竟这是人之常情，我都能理解，

可令我感动的是，队员们没有丝毫犹豫，更无任何抱怨。

"没问题！"

"我能行！"

"坚决响应党的号召，无条件服从组织安排。"

"自打武汉爆发新冠疫情，我就已做好随时进藏返岗准备！"

…………

一声声响亮、干脆、坚决的回答，再次彰显出队员们顾全大局、舍家为国的家国情怀和关键时刻挺身而出的英雄本色。

王军当时正在枣庄滕州老家陪父母过年，女儿发高烧、腹泻，又不敢带孩子去医院冒险，一家人都很焦灼。

柴大姐老家在山西，她们一家三口早已订好从济南飞往太原的机票，计划稍后几天回家探望年迈的母亲。

刘伟娟年前腊月二十四刚刚把父母从威海接到济南，原想好好陪陪老人。

……………

家家都有难念的经，人人都有不舍的情，可他们没有一个临阵退缩。

二月的日喀则天寒地冻、氧气稀薄，最低气温零下17摄氏度，正是一年最难熬的季节，很多常年在日喀则做生意的外地人都早已返回内地"猫冬"，而我们援藏医疗队的队员们和一名厨师却义无反顾地回到了日喀则。

按照日喀则市疫情防控规定，队员们需要先在援藏公寓隔离两周。

可想而知，7个人在空荡荡的公寓里该有多么的煎熬，最令他们煎熬的是不能立马投入工作，只能在公寓里干着急。

2月12日，隔离期满。

当天，没等通知，队员们便迅速赶往日喀则市妇幼保健院，会同医院领导和医护人员修改完善防控方案，制定医院新冠病毒感染医疗救治实施细则、病人转运预案，梳理预检分诊处和发热门诊设置及工作流程，同时组织全体医护人员进行新冠病毒感染诊疗和防护培训、开展疫情应急演练，模拟不同场景下发热病人就诊、转运过程，使全体医护人员都能熟练掌握防护要领和防控流程。

与此同时，他们还要统筹兼顾，做好日常接诊、救治工作。

3月6日凌晨，急促的手机铃声将睡梦中的柴丽萍惊醒："主任，外地转来一个孕妇，破膜30多小时，盆腔一个大肿物梗阻胎头难产，孩子胎心也不好，怎么办？"

"先露梗阻，胎心不好，再发展可能会子宫破裂，胎死宫内，大人孩子都有极大的生命危险！"有着多年临床经验的柴丽萍立马意识到了产妇的危险。

"准备急诊剖宫产，我马上到！"柴丽萍随即下达指令，迅速起床，同时电话呼叫李义春，两人用最短时间赶到了医院手术室。

经详细询问，两人得知产妇在某县医院催产20多小时未成功，才颠簸600多公里转到日喀则市妇幼保健院。

经检查，系产妇盆腔内有大肿物，阻碍了胎儿出生。

眼见胎儿胎心越来越弱，情况十分危急。

李义春快速为产妇实施麻醉。

当柴丽萍打开腹腔看到子宫的那一刻，心揪得紧紧的，由于胎头下降受阻，子宫下段快让胎头给撑破了，手术再晚一会儿后果不堪设想。

柴大姐快速取出孩子，发现羊水三度污染、孩子窒息，只有微弱呼吸和心跳，柴丽萍、李义春等人赶紧给孩子吸痰、吸氧，紧急做气管插管抢救、胸外心脏按压，约10分钟后孩子肤色由紫变红润，自主呼吸终于恢复了。

孩子各项生命体征平稳后，李义春为孩子拔出气管插管，"哇"的一声，孩子哭了出来，孩子安全了！

李义春说："这孩子命真大，要不是插管，把那块堵在声门的痰取出来，恐怕他就没命了！"

一波未平一波又起，刚抢救完孩子，柴丽萍的心又悬了起来。

原来产妇盆腔肿物比成人拳头还大，像头窄底宽的水囊一样深深地固定在盆腔，表面上附着着密密麻麻的血管。

柴丽萍深知盆腔血管神经非常丰富，稍有不慎就会造成损伤，导致大出血，而这段时期受新冠疫情影响，日喀则市血站血源非常紧张，患者又是妊娠期，各种手术都会增加出血感染风险，必须进行外科处理。

柴丽萍一边通过医院领导联系日喀则市人民医院的普外科医生，一边凭借多年的手术经验，小心翼翼地为产妇分离粘连、止血、游离肿物上缘。

肿物破了，流出清亮的液体，肿物内雪白的面片状物及囊球状物露了出来，此时普外科医生赶到了，一看是包虫囊肿，很快顺利完整切除。

术后，日喀则市妇幼保健院的领导对柴丽萍和李义春说："要是没有你们，这个病人我们只能转到上级医院，后果不敢想象！"

患者家属冲着两人竖起大拇指，不停地说着："安吉拉（医生）、安吉拉！"

返岗后，不到一个月的时间，队员们就累计开展各类手术40余台次、超声检查320余人次、门诊340余人次，组织业务培训3次，疫情演练1次，组织编写相关标准34项。

一手抓疫情防控，一手抓正常业务，成为队员们的工作日常。

尽管疫情防控任务很重，但丝毫没有影响队员们前进的步伐，一项项纪录在他们手中诞生，一项项空白在他们手中填补。

4月1日，王刚主导创建的日喀则市首家小儿外科正式对外开诊，具备6个大类69个病种接诊能力。

9月3日，李义春和王刚联合开展日喀则市第一台气管插管全身麻醉下小儿外科腹部畸形手术，取得圆满成功。

9月17日，李义春与山东来的小儿外科专家联合开展4台腹腔镜手术，患者年龄最小的1.5岁，最大的4岁，填补日喀则市医疗机构技术空白。

…………

脚下奔忙的人，总觉光阴紧迫；心怀事业的人，更觉岁月如梭。

转眼间，时间就来到了2020年12月。

经过队员们锲而不舍的努力，日喀则市妇幼保健院的发展势头越来越好，基本走上了规范化、制度化、科学化的轨道，妇产、护理、超声等科室医护人员的业务能力也已明显提高。

然而，山东第九批援藏人才轮换的时间也已经到了。

考虑医院需求和所带学员尚未"出徒"的实际，李义春、王保刚主动申请援藏延期一年半，柴丽萍、王刚、宋庆达、刘伟娟等四位队员则返回山东，再从山东选拔4位医院急缺的医疗人才进藏接替。

2020年12月20日上午9时30分，4位队员带着对日喀则的无限眷恋、对队友的无限深情，挥泪告别日喀则，乘机返回山东。

"捧着一颗心来，不带半根草去！"

离别的4位队员用实际行动对这句话做出了精彩的诠释。

一年半的时间里，柴丽萍参与和指导手术100余台次，组织疑难危重患者救治14人次，组织疑难死亡病例讨论6次，帮助产科建章立制20余条，规范产房各种检查观察记录表6个，撰写科普文章15篇，开展培训58次、教学查房24次……

一年半的时间里，王刚主导创建了小儿外科，组织各类培训40余场次，协调山东省医学会小儿外科学分会开展西藏公益行活动，为日喀则市妇幼保健院募集了总价值70余万元的医疗设备和耗材，邀请内地外科专家为日喀则市市县两级医疗机构举行了6场"线下+线上"学术讲座……

一年半的时间里，宋庆达完成超声检查7000余人次，举办科内讲座30余次，规范了产科超声测量切面及测量方法，增加了测量参数，新增无痛人流术中超声监测、NT测量、乳腺甲状腺等超声检查项目5项，带教医师2人……

一年半的时间里，刘伟娟以"二甲"评审细则为抓手，先后建立并修订护理规章制度、医院感染管理规定等各类指导性文件200余项，设置、规范各项护理记录及交接表单60余项，组织各类培训20余次，帮助日喀则市妇幼保健院申请设立了护理就业见习基地……

这些工作，是他们在海拔3860米的雪域高原上完成的！

这些工作，是他们日复一日、加班加点完成的！

他们的付出，是掏心掏肺的付出！

他们的奉献，是毫无保留的奉献！

2021年3月11日，我们返藏还不到两周，郭建伟同志给我打电话，要求我和他一道飞回山东，迎接新一批援藏人才。

说实话，我内心有点怵头，这才刚刚适应过来，又要飞回去，接着再飞回来，等于是把身体放在高原和平原之间来回"揉搓"，对身体不好。

不过，郭建伟的一番话让我无话可说。他说："你们医疗队4名队员，可是占着大头呢！"

3月12日，我硬着头皮跟郭建伟一起飞回了山东。

我们只在济南停留了一天。

3月14日，我们接着新选派的14名援藏人才飞回了日喀则，其中4名医疗队员分别是潍坊医学院附属医院的产科副主任医师张雪、济宁医学院附属医院的儿童保健科副主任医师尤玉慧、山东省第二人民医院妇科副主任医师王刚、山东省立第三医院胃肠外科护士长田文玲。

真是巧了，回去一名王刚，又来了一位王刚。

迎新座谈会上，我对着王刚打趣："回去一位王刚，又来一位王刚，看来是怕我们想念王刚，所以让你补上！"

一番话说得大家哈哈大笑。

4位新队员只在公寓里休整了一周，便跟随老队员一道投入了紧张的工作。

咬定青山不放松，一茬接着一茬干！

新队员们很快便在各自的岗位上大显身手、大放异彩！

2021年4月18日，王刚接诊了一名早期妊娠患者。

经询问，该患者因怀孕后体检查出HIV阳性，曾前往多家医疗机构就医，想要实施人流手术，但当医生了解到患者HIV阳性后，都婉言拒绝了。

该患者最后只得抱着一线希望辗转来到日喀则市妇幼保健院求医。

听闻情况后，王刚心头不由得一紧，类似情况他从业以来还是第一次遇到。

他深知为此类患者进行手术的风险，实施人工流产术时，医务人员将直接和患者的血液、体液、组织相接触，稍有不慎就可能被感染，而且会给整个医院带来感染风险。

可如果不做，对患者和腹中胎儿都是一种不负责任的表现，将会酿成新的人生悲剧。

几经权衡，王刚下定决心为患者实施人工流产手术。

因为医院只有一间手术室，为最大程度减少院感风险，不影响手术室急症手术开展，王刚经与科室成员讨论，最终确定在一个隔离间进行手术。

他请来负责院感的队友田文玲对整台手术进行全程防护，但因为隔离间没有麻醉设备，无法进行无痛流产。

经过王刚和其他医护人员精密协作，流产手术顺利实施。由于王刚手法娴熟、巧妙、精准，整个过程患者未察觉有明显疼痛不适，无一滴血落地。

既为患者解除了困扰，也将院感风险降到了最低。

手术结束后，藏族同事们纷纷向王刚竖起了大拇指！

2021年5月17日上午，一场惊心动魄的生命救援在日喀则市妇幼保健院上演。

当天十时许，日喀则市妇幼保健院医护人员刚刚上班不久，产科病房接诊了一位新入院的孕妇。

值班主任经过内诊发现患者脐带脱垂，遂立即呼叫产科主任琼达和援藏专家张雪，一场生命与时间的赛跑就此开始。

张雪快步冲进产房，迅速消毒后内诊，发现孕妇脐带位于阴道内，遂用手上推胎头，以缓解脐带压力，护士们则为孕妇吸氧、开通静脉通路，在严密监测胎心的同时准备做急诊剖宫产手术。

此时胎心监护仪上胎儿心率已经显示60次/分。

令张雪和其他医务人员揪心的是，日喀则市妇幼保健院目前并不具备抢救危重新生儿条件。

放弃治疗、让孕妇转院还是就地抢救？

这是关乎一个新生命生死的重大抉择！

张雪清楚，如果放弃治疗或者让孕妇转院，肯定会胎死宫内。

时间就是生命！

面对命悬一线的胎儿，张雪已经来不及再犹豫，经与琼达和孕妇家属沟通，决定就地抢救。

在患者尚未办理入院手续的情况下，琼达立即沟通手术室、麻醉、儿科，开通绿色通道，即刻准备手术。

由于上推胎头的手不能离开，张雪便一直跪坐在推床上，与孕妇一起被医护人员跑步送进手术室。

一切要快、再快、更快！

此时已紧急赶至手术室待命的李义春克服患者体位无法配合的困难，快速对患者实施麻醉。

一切操作都在紧张有序进行，可由于上推胎头的手始终不能松开，张雪累得满头大汗、脸色蜡黄，直至胎儿剖出。

新生儿剖出后只有微弱心跳，Apgar评分只有1分，李义春立即为新生儿实施气管插管，与当地儿科医师一起开始为新生儿实施心肺复苏。

心外按压和正压通气有序进行，每复苏30秒评分一次。

此时尚在手术台上的产妇又因低置胎盘，开始出血，张雪顾不得休息，一边吸氧一边上台为产妇缝合、止血、结扎血管。

经过30分钟的持续抢救，婴儿终于有了微弱的自主呼吸，医护人员都很振奋，继续心脏按压、人工通气，婴儿皮肤颜色渐渐由苍白变为红润，心率也逐渐上升到120次/分，呼吸深度和频率也有了很大提升，此时手术台上产妇的血也终于止住了。

在这场生命与时间的赛跑中，张雪、李义春他们最终跑赢了时间！

2021年8月23日，根据西藏自治区卫生健康委员会部署，日喀则市卫生健康委员会组建工作组前往那曲参加疫情防控检查。

田文玲被选中，是三人工作组里唯一一名援藏专家，另外两名都是当地藏族同志。

西藏，素有"远在阿里，苦在那曲"的说法。

那曲之苦，苦在其平均海拔4500米以上，被誉为"离天最近的地方"，是西藏气候条件最恶劣的地区之一，高寒、低压、缺氧，昼夜温差很大，由此导致的头痛、失眠等高原反应如影随形。

因此，这里又被称为"人类生存极限的试验场"。

其实，当时田文玲有两个选择，一是到日喀则市9个边境县检查疫情防控，一是到那曲市检查疫情防控。

市内多数边境县海拔较低，气候宜人，到这些地方去会比那曲舒适很多，但田文玲思来想去，还是选择了最为艰苦的那曲。

她说："我不去就得别人去，既然别人去得，那我也去得；既然别人能在那里生存、生活和工作，我应该也没有问题。再说，我们平时谈得最多的就是'特别能吃苦、特别能战斗、特别能团结、特别能忍耐、特别能奉献'的'老西藏精神'，说得最多的就是'艰苦不怕吃苦、缺氧不缺精神、海拔高境界更高'。现在到了考验我的时候，我不能言行不一，应该干在先、走在前、做示范，绝不能遇到困难绕着走，给山东援藏医疗队抹黑！"

从日喀则出发，沿着蜿蜒崎岖的道路一直跑了10个小时，田文玲一行才抵达那曲市政府驻地色尼区。

当地领导眼尖，一眼就看出田文玲嘴唇发紫，那是严重缺氧的症状。得知田文玲是山东援藏医疗队的，那位领导反复嘱咐她各种注意事项，告诉她那曲是西藏最艰苦的地方，政府曾悬重赏让当地老百姓种树，可直到如今也没种活一棵，原因就是那曲冬天漫长又极寒，最低气温零下40摄氏度，地面冰冻2米，除非在温室里，否则什么树也别想过冬。

当天匆匆吃过晚餐，分头休息，田文玲因海拔太高，几乎一夜未眠。

第二天一早，尽管严重缺觉、疲乏至极，可田文玲还是强打精神起床，简单洗漱，吃过早餐，便和另外两名同志一道开始了工作。

接下来的9天时间内，他们先后排查了色尼、比如、索县、巴青、聂荣、安多、嘉黎、班戈、尼玛县、申扎等10家县级定点医疗机构，累计行程4000多公里。

田文玲说："那些日子，整个身体就跟散了架似的，纯粹就是靠信念和意志支撑！回到日喀则后，我在宿舍里睡了整整两天，才稍稍缓过劲来！"

日喀则市妇幼保健院的藏族同事得知田文玲此行经历后，纷纷向她竖起大拇指，说："我们一想到那曲都打怵，你来日喀则还不到半年，竟然敢去，还待那么长时间，实在了不起！"

尤玉慧属于那种性格内秀、不言不语、闷头做事、潜心钻研的人。

一年半的时间里，他调阅了日喀则市2017年至2022年62 945名新生儿数据，首次形成了日喀则市新生儿出生情况调研报告，发现日喀则市低体重新生儿出生率为6.74%，日喀则市男性足月新生儿出生体重较全国水平低140~350克，女性足月新生儿出生体重较全国水平低100~250克，为进一步提高儿童健康管理水平，制定相应卫生健康政策提供了重要参考依据。同时调阅2021年上半年日喀则市儿童死亡病例81人，完成了2021年上半年日喀则市5岁以下儿童死亡率异常分析报告，针对进一步降低日喀则市儿童死亡率和改进医疗机构建设，提出了多项合理化建议。

他主导创建了日喀则市妇幼保健院儿童保健科，实现了儿童保健门诊从无到有、门诊量逐步提高的重大转变，儿童保健每天门诊量峰值达10余人次，为日喀则市儿童保健康复专业发展奠定了坚实基础。

他独立接诊高危儿70余人次，为每位患儿都制定个性化监测和干预方案；他为残障儿童申请免费康复救助训练，累计减轻患儿家庭经济负担100余万元。

做好临床工作的同时，他坚持挤出时间开展带教工作，先后开展典型病例现场教学10余次；他以体格发育和智能发育为主线、特殊疾病为专题，举办专业理论讲座10余次。

他还申报了日喀则市科研项目，对日喀则市儿童近视发生发展规律进行深入研究，取得重大成果。

他做的既有藏族同胞急难愁盼的"眼前事"，更有打基础、利发展的"长远活"！

进入2021年下半年，距离山东第九批援藏干部人才任期结束只有一年时间。

整整一年时间里，援藏医疗队始终处于"开满弓""拉满弦"的"冲刺"阶段。

因为我们始终瞄着一个重要目标：帮助日喀则市妇幼保健院创建"二甲"！

这一年，队员们既要应对疫情防控常态化带来的工作压力，又要做好临床、带教、科研等繁重的工作，更要做好"二甲"创建的各项准备工作。

"二甲"创建近乎空白，一切都要从头干起，一项项梳理、一条条修补。

当地同志没有创建经验，队员们既当指挥员又当战斗员，领着干、带头干！

创甲时间紧、任务重，队员们倒排工期、分线作战、挂图作战、销号管理！

白天忙不过来晚上干，工作日干不过来双休日干！

每个人就像陀螺一样飞速运转！

2021年12月20日，经过全体援藏医疗队员和当地同事夜以继日的奋斗，日喀则市妇幼保健院顺利通过"二甲"初评，合格率达到75%，为下一步通过正式评审打下了坚实基础。

"您这绝对是办成了我们过去多少年想办而没办成的大事,解决了过去多少年想解决而没有解决的困难!"

06

打造一流"生命摇篮"

与队员们在日喀则市妇幼保健院鏖战一线进行内涵建设不同,我的目光和主要精力则是放在如何为医院发展创造良好环境和条件上。

经过征求队员们和妇幼保健院负责同志的意见,我们初步确立了"一手抓基础设施建设,一手抓人才队伍建设"的两大构想。

然而,理想很丰满,现实很骨感!构想很大胆,落实难上难!

第一件头疼的事就是资金问题。

搞基础设施建设,离不开钱,而且还不是一笔"小钱"。

我们的想法是新建一座门诊综合楼,将南北两栋楼连接起来,同时对整个院区进行改造,以实现功能完善、布局合理、管理闭环、流程再造的目的。

初步估算,需要四五千万元。

钱从哪里来?当地财政没有,妇幼保健院也没有,只能从援藏资金里找。

可山东援藏资金的"盘子"在那明摆着。

当时，国家发改委核定的山东援藏资金每年只有 3.64 亿元，按照国家规定，援藏资金 80% 要投向基层，也就是说要投到对口支援的 5 个县区，归中心管理组支配的只有 20%。

20% 是什么概念呢？中心管理组每年只能支配 7280 万元，3 年累计只有 2.184 亿元。

这 2.184 亿元，已经被先前敲定的日喀则齐鲁高中建设项目拿走 1.6 亿元，还剩 5840 万元，这 5840 万元还有 20 多个援藏干部人才盯着、那么多受援单位盼着、那么多要干的事等着呢！

难归难，可事还得干，总不能自己先把自己难住。不由想起两句话，一句是"梦想总是要有的，万一实现了呢"，另一句是"会哭的孩子有奶吃"。当然，后面这句话不能对任何人讲。

那段时间，我天天盘算，该如何向马金栋书记和中心管理组的其他几位成员张口，拿到这笔钱。

老大难老大难，老大一抓就不难。

思来想去，马金栋书记的态度最关键，其他几个人都同意，马金栋书记不点头也白搭。

我决定单刀直入、直捣龙门，直接找马金栋书记。

2019 年 10 月的一天，我先邀请马金栋书记到日喀则市妇幼保健院视察。

索朗多布杰、多吉洛旦、王军等人我早已嘱咐好了，视察结束后，安排座谈。座谈的时候，他们仨负责"诉苦"、讲规划，我则负责敲边鼓，核心目的只有一个：要钱！

我算盘打得挺好，马金栋书记看了医院的现状后肯定会大受触动，再加上索朗多布杰、多吉洛旦和王军在那叫苦，马金栋书记能忍心拒绝吗？应该不会。

可惜啊，千算万算，马金栋书记就是不按照我设计的套路"出牌"。

座谈会上，马金栋书记愣是没表态。

尽管当时很失落，可我还是宽慰自己，谨慎是应该的，这么重大的事肯定不能当场表态，得给领导一段时间，深思熟虑后才能表态。

当天晚上，王军忧心忡忡地找到我说："主任，我感觉势头不妙呢！"

我把我的判断跟王军说了一遍，鼓励他要对未来充满信心。

王军半信半疑，问："会有奇迹出现吗？"

我笑着说："面包会有的，牛奶会有的，一切都会有的！"

王军被我逗笑了，不过从他的眼神可以看出，他对此事很不乐观。

孰料，几天后的一个晚上，外出散步归来的马金栋书记将正在院内和队友们聊天的我喊到了一边。

我大喜过望，心说"有戏"！

可马金栋书记接下来的一番话，直接给我浇了个"透心凉"。

他说："长远，这几天我认真想了想，妇保院规格太低，规模太小，人员太少，砸多少资金也很难见到成效，就好比把石头扔进大海里，连个响都听不见！还是算了吧，到时候投个百八十万买点设备就行了！"

我本想再给马金栋书记多说几句，可他已经转身走了，剩下我自己在风中凌乱。

我暗自揣度："领导这么想也不能说没道理，妇幼保健院仅是科级架构，编制只有40人，把大笔资金投进去确实很难出形象、出效果，作为总领队，不能不考虑这些问题。可如果这批不投、下批不干，医院将永无翻身之日。我们援藏医疗队来到这里的作用何在、价值何在、意义又何在呢？仅仅象征性地投上百八十万买点设备就行了？几个专家看看病、带几个徒弟就够了？不，远远不够！我必须在援藏任期内，带领医疗队干出史无前例的成绩来，否则，我这3年就白来了！"

究竟怎么说服领导呢？

我一时半会儿想不出答案，只能把这个问题交给时间。

我相信，天无绝人之路，事情一定会有转圜。

心急吃不了热豆腐，慢慢等待机会吧，等待最终打动领导、说服领导的机会。

我哪里知道，马金栋书记给我上演的是欲扬先抑的"戏码"。

其实，他心里想的和嘴上说的完全不是一回事。

只是当时时机还不成熟，他不能把话说满。

唉！这个马书记啊，害得我白白为此犯愁大半年。

2020年9月3日，山东省委副书记、省长李干杰率山东省代表团到西藏考察对接并召开山东·西藏对口支援工作座谈会，4日到日喀则视察山东援建项目、看望山东援藏干部人才，当天晚上又召集代表团成员和中心管理组成员进行了一次内部座谈。

9月5日下午，山东省代表团离开日喀则。

当天晚上，马金栋在公寓院内又将我叫到了一边，对我说："我们考虑过了，支持妇幼保健院建设！"

惊喜来得太突然了！

我当时心里那个激动啊！

我竖着大拇指对马金栋书记说："太好了！您太英明了！日喀则人民将永远铭记您的大恩大德！"

马金栋书记笑了，对我说："别光拣好听的说，之前背地里指不定怎么埋怨我呢！"

我拍着胸脯保证："岂敢岂敢，绝对没有，从来没有！"

马金栋书记说："时间不早了，快回去休息吧，别激动得失眠啊！"

回宿舍的途中，我就迫不及待地将这个好消息分享给了队员们，微信群里一下子沸腾起来，纷纷围绕着"新楼怎么建设、院区怎么改造"建言献策。

一直讨论到夜里11点左右。

马金栋书记还真是料事如神，那晚，本来就睡眠很差的我，激动得几乎一宿没有合眼。

第二天，马金栋书记又将我叫到他的房间，详细讨论对日喀则市妇幼保健院的援建计划。

此时，他才向我道出了实情。

原来，他一直把妇幼保健院的事情装在心里，可是苦于当时资金没有着落，他没有早早表态。

这不，借着李干杰省长视察的机会，他向李干杰省长详细汇报了日喀则市妇幼保健院面临的困难，提出了要新建门诊综合楼、进行院区改造的打算。

李干杰省长当场表态支持，在原定援藏资金基础上，追加1560万元资金，专项用于日喀则市妇幼保健院建设，且每年追加1560万元，将援藏资金额度补到3.8亿元。

李干杰省长的原话是："凑个整吧。"

嘿！这对中心管理组而言真是"意外之喜"，除却妇幼保健院项目本身，又多争取了3120万元，3120万元能干多少事啊！

马金栋书记望着我说："医疗是重要的民生，是援藏的优先方向，我哪能不支持呢？！"

马金栋书记最后给我交了"实底"：从援藏资金里列支1940万元，连同追加的1560万元，总计出资3500万元，支援日喀则市妇幼保健院建设。

之后，便是中心管理组上会研究，一致通过。

马金栋书记又召集日喀则市卫生健康委员会、日喀则市妇幼保健院主要负责同志开会研究，商定由日喀则市妇幼保健院自筹资金500万元，总投资4000万元，实施日喀则市妇幼保健院门诊综合楼建设暨院区改造项目，力争将其建设成为西藏一流的"生命摇篮"。

事情定了，资金有了，剩下来的事情就是项目立项、项目选址、土地规划、工程设计、概算、招投标、施工、设备采购等一系列事宜。

这些事情的繁杂与艰难程度，远远超出我的预料。

里面有着太多的曲折和辛酸，让我意识到从想干事到干成事，有很多路要走，有着操不完的心、受不完的累。

2020年12月下旬，其他援藏干部人才都按计划返回内地休假了，而我还在忙着跑项目立项的各个手续。

当时马金栋书记给我下了一道"死命令"："手续跑不完，你就别回家过年了！"

话是这么说，马金栋书记当然不会真不让我回家过年。

不过，我也能感受到马金栋书记心中的紧迫感。

就这样，我一直忙活到12月30日，才独自乘机返回济南。

转过年来返回日喀则，继续推动项目往前赶。

初步设计、工程预算、概算评估、土地审批、环评、风评、委托代建……

越忙时间过得越快，转眼到了4月中旬。

那几天我总感觉后背发痒，起初没当回事，以为只是普通的皮炎，抹点药膏就好了。

可没想到发炎的面积越来越大，我便请队友帮着拍了一张照片，发给了济南市援藏人才于德宝，他是皮肤病专家。

他一看照片，就告诉我说这是带状疱疹，然后给我开了药方，嘱咐我尽快住院输液，配合治疗。

我哪有时间住院啊！

我把外敷内服的药物买了回来，自行治疗。

好多懂行的朋友得知我得带状疱疹的情况后，纷纷告诫我："这是身体免疫系统发出的警示信号，要注意休息，加强营养！"

唉，我这是让项目的事给急得呀！

项目一天不动工，我的心就一天不踏实；

项目一天不竣工，我就甭想着好好休息。

那段时间，我一边治疗，一边继续为项目的事情奔波。

除了按照于德宝给的药方按时用药外，我又跑到藏医院请专家配了外敷的藏药，还按照别人说的偏方到市委市政府绿地上找来蒲公英捣成泥敷到患处。

我将此命名为"组合疗法"。

还别说，这套办法挺管用，仅仅一周的时间就治愈了。

一天，我在电子秤上称了一下体重，从家里回来还不到俩月，竟然整整瘦了15斤。

怪不得腰带老是松松垮垮呢，已经扎到最后一个孔了，还是松。

迫不得已，我自己在腰带上用剪刀钻了两个孔。

4月下旬，几位"不速之客"的到来促使我下定决心将项目委托给日喀则市珠峰城投集团代建。

那段时间，我几乎天天忙得脚不沾地。

一天忽然接到姐夫打来的电话，说他和一位大哥正在赶往日喀则的路上，那位大哥的儿子陪同。

那位大哥和他的儿子我都认识。

那位大哥在老家务农，他儿子在拉萨一家公司打工。

我到西藏后，去拉萨出差的时候曾经见过他儿子一面。

起初，我还想，姐夫不老老实实地在北京打工，跟人家跑西藏来干啥？

挂断电话，我暗自嘀咕了一阵。

不过想归想，人既然已经进了西藏，都在往日喀则来的路上了，我总不能不让他们来，哪有往外撵客的道理，何况其中一位还是我至亲的姐夫呢？

当天晚上，3个人就到了。

我自然要尽地主之谊，热情接待他们。

当天吃过晚饭，我把他们送到事先订好的酒店，对他们说："你们初来乍到，恐怕会有高原反应，还是赶紧休息吧！"

姐夫说："你这么急着回去干啥，说会儿话！"

我只能坐下来陪着他们。

这时，姐夫拿出一包茶叶递给我说："这是我专门从北京给你买的最好的茶叶，别送人，自己留着喝，两千多一斤呢！"

哎哟，还真是我的亲姐夫，给我带这么贵的茶叶。

他哪里知道，在日喀则，再好的茶叶也喝不出好喝来。

我接过茶叶放到一边，问他们："你们打算在日喀则待几天呢？明天上午如果身体能行，你们可以先到扎什伦布寺看看，后天可以到珠峰看看。不过，我实在是脱不开身陪你们，好在小谭（那位大哥的儿子）在拉萨多年，比我经验丰富，有他领着，没啥问题。"

我这样计划着他们的行程。

孰料，姐夫一句话就将我搞蒙了："我们不走了！"

"啊？不走了？"我下意识地脱口而出，满脑子都是疑问。

我瞬间想到了一种可能，合着不是来旅游的，而是另有所图。

我不敢往下想了。

果不其然，姐夫接下来的一番话验证了我的猜测。

"是啊，不走了！你不是给医院争取了几千万资金吗？近水楼台先得月、肥水不流外人田，这个道理你不会不懂吧？我们仨人就是来揽这个活的！"

都怪自己这张嘴，当初回家过年的时候就不该跟他们说。

没想到，说者无意，听者有心，姐夫竟然惦记上了。

除了懊悔，更多的是气恼。

你这是拿我这援藏当自家开店呢！

先别说你们不是专业干建筑公司的，就是专业干这个的，我也不能让你们干啊！

真要让你们干了，我纵使有一千张嘴也说不清楚。

作为最亲的人，不想着维护我的工作，反倒要来打秋风、沾光，真是一点数都没有。

我压着心头的火，捋了捋头绪，斩钉截铁地说："你们要是想来玩，我欢迎，住几天都行，费用我担着。你们要是想揽工程，就彻底死了这条心吧！我不可能将工程交给你们！如果你们就是赖着不走，那我最多给你们把房费结到明天，接下来，你们爱住多久就住多久，我不管。"

气氛瞬间僵住了。

我是咬着牙说的，这个时候绝不能心软，一旦心软就得被他们缠上。

其实，说这番话，我知道很伤人，自己心里也很难过。

对于姐姐和姐夫的家庭状况，我最清楚。

这些年，姐姐虽然在北京做点小生意，可也仅够维持日常嚼谷，姐夫长年在北京打零工，时断时续，收入不稳定。两口子还拉扯俩孩子，开销不小，一年到头剩不下几个钱。前年，姐姐腰椎间盘膨出，连住院的钱都拿不出来，还是我给她打了几千块钱。

要说关系，还有比一母同胞更近的关系吗？

要说盼着他们过上好日子，还有比亲兄弟更盼着他们好的吗？

可是我不能利用手中的权力帮着他们发家致富啊！

这是不能触碰的红线，也是必须坚守的底线。

但总这么僵着也不是个事儿。

我稍稍缓和了语气说："时间不早了，我明天还有一堆事，我得赶紧回去休息了。"

回到公寓，我给姐姐打了个电话，怪她没有及时阻拦姐夫前来，同时向她阐明了我的态度。

第二天一早，街上的店铺刚刚开门营业，我就跑过去买了两份西藏的土特产送到了姐夫他们住宿的酒店。

我的意思其实很明显，就是送客。

姐夫他们又不傻，自然明白其中的含义。

姐夫肯定夜里也接到了姐姐的电话，现在又看到我拎着东西前来，没再纠缠，对我说："既然这样，我们也不待了，这就回拉萨！"

我以为他已经意识到自己的错误，脑子转过弯来了。

没想到，半路上姐夫竟然给我发了一条短信："把你的银行账号发过来，大哥说给你转两万块钱。"

我苦笑了一下，把短信删了，没有回复。

他们走后，我想了很多。

这么大的工程，这么多的资金，除了姐夫他们惦记，难道别人就不会惦记吗？

肥肉，谁都想咬一块。

早前，我曾经了解过，有委托珠峰城投集团代建的先例。

干脆，我把工程交出去，一切按照规矩来。

想从我身上打开突破口，还是省省吧。

征得马金栋书记和日喀则市卫生健康委员会主要领导同意后，以日喀则市卫生健康委员会的名义和珠峰城投集团签订了委托代建合同。

专业的人干专业的事。

珠峰城投集团组建了专门的班子抓项目，一切按照规范向前推进。

2021年5月30日，日喀则市妇幼保健院门诊综合楼建设暨院区改造项目正式破土动工。

从动工到竣工，项目整整用了一年时间。

照理说，把工程委托出去了，我完全可以当个"甩手掌柜"。

可我不放心呐！

一年间，我究竟跑过多少次工地，自己也记不清了。

有时赶上双休日，我自己骑辆电动车就上了工地，看工程进度、看工程质量、看工人数量！

我心里急啊！

我向来是个性格沉稳的人，饶是如此，我还是有两次罕见地发了"牛脾气"。

曾经有人好心劝我："你只待3年就回去了，何必这么较真？不怕得罪人吗？"

我说："如果我不得罪他们，就要得罪日喀则的群众！人过留名，雁过留声，我不能援藏3年，让日喀则人在背后戳我的脊梁骨，说我给日喀则建了个豆腐渣工程！"

2022年6月30日，距离我们结束援藏任务返回山东还有20余天，日喀则市妇幼保健院新建的门诊综合楼正式投入使用。

搬家那天，妇幼保健院的干部职工个个笑逐颜开，比自己乔迁新居还高兴。

好多路过日喀则市妇幼保健院的干部群众看后，也纷纷说："这次妇幼保健院真的是鸟枪换炮、旧貌换新颜了！"

日喀则市妇幼保健院门诊综合楼建设暨院区改造项目的实施，使建筑面积增加了4300多平方米，床位增加了46个，空间布局得到优化、功能布局得到完善，实现了医疗流程闭环；院内环境焕然一新，绿树掩映、鲜花缤纷，给人极大舒适感。

西藏自治区卫生健康委员会的领导到日喀则市妇幼保健院视察时说："从基础设施角度看，目前你们医院是7个市级妇幼保健院里最好的，绝对可以称得上西藏一流的生命摇篮！"

日喀则市的干部群众赞了，妇幼保健院的干部职工笑了。

望着这座崭新的综合大楼和修葺一新的院落，抚摸着那块"鲁藏一家亲，共圆健康梦"的石碑，建设过程中的沟沟坎坎、点点滴滴、酸甜苦辣，一股脑儿涌了出来。

这就好比孕育一个婴儿，从怀孕到出生，经历了太多太多，太不容易了！

现在，所有的委屈、所有的着急、所有的病痛、所有的付出都值了！

争取援藏资金难，争取编制难上难！

身在体制内，我当然了解中央有关编制总量"只减不增"的要求，也深知争取编制的难度，可我更知道编制对于日喀则市妇幼保健院的极端重要性。

2020年，我主导推动的那次医护人员招考深深触动了我、刺痛了我。

那次招聘，我原以为报名者会像内地医疗机构招聘那样挤破头，但事实远非如此：20个招聘岗位，5个临床岗位无一人报名；15个护士和检验岗位，报名者只有70余人。笔试结束后，面试环节又有几人直接放弃。

最终招聘15人，很难说是优中选优，只能说是无奈之举。

与之形成强烈反差的是，阿里地区邮政管理局招考"一级主任科员及以下"一职，竟然有20 813人报名，被人称为"万人岗"。

这让我深刻意识到，没有编制，想吸引人才难，吸引临床人才更难！要解决人才荒，就必须增加编制。

索朗多布杰对我说："我们不是不想解决，可市里对编制控得太紧了，想增加编制太难了。时间长了，我们也不抱幻想了。"

我偏偏不信这个邪，决定试上一试。

我说："只有试过才知道行不行，不试永远不知道答案！"

时任日喀则市卫生健康委员会党组书记叶青莲、主任扎顿听了我的想法后颇为无奈地表示，以前给编办打过几次报告，报告打过去就没了下文，估计这事儿悬！

既然以前市卫生健康委员会打的报告泥牛入海，那我就另辟蹊径，"曲线救国"，利用山东援藏的力量去推动。

好巧不巧，没过多长时间，机会来了！

2020年10月1日，既是国庆节又是中秋节，西藏自治区人民政府副主席、日喀则市委书记张延清同志在寓所设家宴宴请援藏四省市干部人才领队、教育领队和医疗领队。

当天，因马金栋书记在外地出差，我和郭建伟、薛庆师三人参加。

席间，我向张延清副主席简要汇报了山东援藏医疗队进藏以来开展的各项工作。

张延清副主席对山东医疗援藏取得的成绩给予高度评价。

他说："你们进藏以来，做了大量卓有成效的工作，用藏族老百姓的话来说，你们是当代的莲花生大师、阿底峡大师，你们是藏族同胞的活菩萨！"

闻听此言，我端着满满一杯酒走到张延清副主席身边说："主席，非常感谢您给予我们山东援藏医疗队这么高的评价。可现在我们也面临很多困难和问题，最突出就是人才问题，因为编制短缺、人才匮乏，专家们无徒可带。如果能把这个问题处理好，我相信我们会干得更好！"

说完，我一仰脖，把满满一杯酒干了，那是我进藏以来，第一次"一饮而尽"，呛得我眼泪都流出来了。

张延清副主席被感动了，当场表态："你给市委提交报告，我签字，给妇幼保健院增加编制！"

回到公寓，我将早就写好的报告改了又改，生怕有一个字拿捏得不到位。

国庆假期一结束，我又开始"游说"马金栋书记，以山东援藏干部中心管理组名义向市委提交报告。

了解事情的来龙去脉后，马金栋书记非常高兴，当场带着我对报告再度进行修改。

此后，一切顺理成章。

马金栋书记亲手将报告递交给张延清副主席。

张延清副主席很快作出批示："市妇保院改造提升是山东人民、山东援藏干部真金白银、真情实意的援助，一定要本着创二甲医院目标，全面统筹各种要素，全力支持，共同努力，补齐日喀则这块民生短板，实现又好又快发展。"

市委组织部、市委编办闻令而动，迅速拿出落实意见，经市委常委会研究后决定：日喀则市妇幼保健院核增15个事业编制，增加科级领导职数1名。

其实，当时我在报告中提出了"一年增加编制40个，两年编制增至120人"的建议方案，但最后市委编办只给了15个。

不过我并不失望，因为一切都在预料之中。

过后，日喀则市委组织部副部长、市委编办主任曾义带着歉意对我说："吴主任，我们理解妇幼保健院面临的困难，可也请您理解我们的难处。您要知道，给你们增编，就得从别处减编，等于从别人身上割肉，割谁谁疼！我们今年先给你们解决这15个编制，以后每年再酌情增加。"

"那太好了！"我笑着说。

真是山重水复疑无路，柳暗花明又一村。

增加编制，最高兴的当然要数日喀则市妇幼保健院的两位负责人——索朗多布杰和多吉洛旦。

索朗多布杰对我说："主任，您给我们争取3500万元资金建楼，是大功！可在我们看来，比这3500万元更珍贵的是您给我们要了这15个编制！"

多吉洛旦说:"您这绝对是办成了我们过去多少年想办而没办成的大事,解决了过去多少年想解决而没有解决的困难!"

这件事对我触动很大,再次验证了事在人为。

实践证明,只要思想不滑坡,办法总比困难多。

除了实施日喀则市妇幼保健院门诊楼新建暨院区改造项目、为日喀则市妇幼保健院争取编制两件大事,我们还干了一件大事——帮助日喀则市建立精神卫生防治体系。

2019年8月22日,应日喀则市卫生健康委员会之邀,山东省卫生健康委员会选派的杨延海、杨秀成、潘惟华、李培德、李高平、杨玉涛、罗文泉、修芳芳、李小鹏、白晓雷等10名精神卫生临床专家抵达日喀则,开展为期三周的精神障碍患者筛查诊治和现场带教工作。

这是我们进藏后,第一次从山东选派临时支医人员。

专家们抵达日喀则后,经过短暂休整,分赴桑珠孜、白朗、南木林、昂仁和聂拉木5个对口支援县区,在当地工作人员陪同下,翻山越岭,进村入户,对当地初筛的800余名精神障碍患者进行复核、诊断、分型,共确定611名严重精神障碍患者。

他们及时指导当地工作人员为患者建立档案并录入国家严重精神障碍信息系统,协调各派出单位向患者捐赠了用量3个月、总价值100余万元的精神卫生类药品,同时在各县区举办了心理健康培训班,累计受训干部群众达1500余人次。

9月10日,山东省精神卫生中心党委书记王汝展率领4名专家抵达日喀则,看望临时支医的精神卫生专家,对日喀则市18县区近40名业务管理人员和数据质控人员进行了严重精神障碍信息系统理论培训和实操培训。

其间,我与各位精神卫生临床专家都保持着密切沟通,随时关注工作进展情况。

从各位专家发来的上山下乡、进村入户筛查的图片中，从他们的讲述中，我的心一次次被触痛。

来自烟台市心理康复医院的专家罗文泉给我讲述了一个病例，聂拉木县亚来乡有一位40岁的分裂情感性精神障碍患者，从未接受过任何治疗。因为病情，他砍掉了自己的手指；因为病情，他唯一的姐姐开始逐渐远离他；因为病情，他每天只能在街上游荡，不能从事正常工作。

罗文泉告诉我："对于精神疾病，一方面当地缺医少药，一方面当地群众缺乏认知，很多患者没有接受过系统正规治疗，看护不力。通过检查发现，很多患者如果能接受正规治疗，有很大希望回归生活、回归社会，而不是像现在一样，任病情发展，最终形成终身残疾。"

其他专家向我反馈的信息大同小异，这对我触动很大。

第一次了解到日喀则市没有精神卫生专科医院，市县两级医疗机构没有精神卫生科、没有精神卫生科医师、没有精神卫生类药品采购资质。精神卫生防治工作由市县两级疾控中心为数不多的工作人员兼职管理、勉强支撑。诊断、分型、用药，全部靠外援。外援只能缓一时之急，很难从根本上解决问题。要想从根本上解决问题，就必须把精神卫生防治体系建立起来。

我看到了问题的要害所在，决心改变日喀则市精神卫生防治"专家靠外派、药品靠捐赠"的被动局面，主动向日喀则市卫生健康委员会党组建议，由山东省帮助日喀则市培养精神卫生专家，组建精神卫生防治体系。

按照领导班子成员分工，我主要分管卫生监督、机关党委、干部保健工作，并不分管疾控工作，与精神卫生防治更是"不沾边儿"。

现在我主动站出来，要帮助日喀则市建立精神卫生防治体系，多少有点"自讨苦吃""多管闲事"的意思。

我是这么想的，具体到日喀则市医疗卫生行业，只有分内，没有分外。

只要日喀则人民有需求、我们有能力，就应义无反顾、全力以赴去干！

说干就干。

我向山东省卫生健康委员会做了汇报，主要领导和分管领导对此非常认可，给予大力支持。

对于选派专家进出藏交通费用、在藏期间饮食起居、工作补贴和工作计划，我会同前方和后方进行了深入沟通，做了妥善安排。

2020年7月5日，山东省卫生健康委员会从山东省精神卫生中心及济南、青岛、潍坊、淄博、烟台5市选派的陈旭、范勇、路庆忠、胡晓花、王程辉、李存宝等6名精神卫生防治专家抵达日喀则，开始为期3个月的精神卫生防治和带教工作。

7月8日、9日，专家们首先举办了为期2天的精神卫生项目培训班，来自日喀则市18个县区的30余名精神卫生转岗医生和信息管理人员参加培训。

培训采取理论培训和情景式教学相结合的办法，从精神病学绪论和精神症状学、精神科病史采集及精神检查、严重精神障碍诊断标准、常见精神疾病诊疗规范、严重精神障碍随访管理及信息化操作等方面对学员进行了系统培训，同时向学员详细演示了从接诊患者及家属、采集病史、进行查体及精神检查、初步诊断治疗方案的制定、风险等级评估和信息化资料上报整个流程。

这是日喀则市精神卫生史上第一次举办如此系统的培训班，参训人员也打破了对口支援惯例，覆盖到18个县区。

这次培训让日喀则参训的学员们耳目一新、眼界大开。

来自谢通门县卫生服务中心的桑旦次仁听了山东精神卫生专家的精彩授课后，激动地说："感谢各位老师的辛勤付出和生动展示，让我们全面掌握了开展基层精神卫生工作的方法和流程，极大增加了我们工作的荣誉感和成就感。这让我对今后的工作更加充满信心和自豪感。"

7月10日，6位专家奔赴桑珠孜、白朗、南木林、昂仁、聂拉木等5县区，转入驻点带教环节，来自18个县区的18名学员则分散到5个带教点进行跟岗培训。

没有比人更高的山，没有比脚更长的路。

3个月内，6位专家带领各自学员在平均海拔4000米、最高海拔5000米以上的雪域高原上山下乡、走村串户，开展了艰苦细致的精神障碍患者筛查、诊断、分型、治疗，彻底兜清了5个对口支援县区的精神障碍患者底数，5县区精神疾病患者规范管理率、服药率大幅提高。

其间，专家们付出的辛苦和努力是令人难以想象的。

专家组组长陈旭来自山东省精神卫生中心，在负责对整个精神卫生防治与带教工作进行指导的同时，与来自青岛市精神卫生中心的范勇负责在桑珠孜区进行蹲点带教工作。

对于工作中的辛苦他鲜少提及，但对进藏不久后出现的一次"心动过速"记忆犹新。

日喀则市精神卫生项目培训班结束后，他和范勇要从临时入住的招待所搬到桑珠孜区人民医院为他们安排的公寓去住。

他的房间在5楼，没有电梯，只能步行上楼。当天，向来以院内短跑健将著称的他，拎起一个双肩背包，大步流星开始登楼，早把我"爬楼要慢"的告诫忘到了脑后。爬到3楼他就感到心怦怦直跳，看着帮着他们搬家的当地医务人员一步一挪的样子，他居然想"露一手，逞逞能"，硬是一鼓作气爬到了5楼。

此时，他的心脏已似脱缰的野马一般按捺不住，"砰砰"跳个不停，简直要跳出他的喉咙。他顿感不妙，一屁股端坐在床沿，呼哧呼哧喘着粗气。

范勇一眼看出了陈旭的不适，赶快将氧气瓶打开给他吸氧。吸了好长时间，陈旭那犹如万马奔腾的心动过速才渐渐缓解。

这次经历让陈旭切身领教了高原反应的厉害，给他留下了终生难忘的记忆。从那之后，他"老实"了许多。

昂仁县是山东对口支援5县区中海拔最高、自然条件最恶劣、条件最艰苦的县，来自淄博市精神卫生中心的路庆忠负责到昂仁县驻点带教。

抵达昂仁县的第一个夜晚，路庆忠虽然一直开着制氧机吸氧，但仍然一夜未眠，他的胃里翻江倒海，头痛欲裂。

仅仅适应了2天，他便顶着高原反应到昂仁县各乡镇卫生院进行精神行为异常人员筛查工作，对于因交通不便等原因无法前往乡镇卫生院的疑似患者，他就带着转岗医师巴桑挨家挨户走访，其中最远的一个村距离乡驻地250多公里。

来自济南市章丘区精神卫生中心的胡晓花在白朗县蹲点带教，进村入户筛查过程中，经常遇到溪水挡道、车辆无法通行的情况，她便和带教学员弃车步行，涉水过河。

各位专家在筛查过程中，始终牢记"输血与造血相结合、筛查与带教相结合"，一边对患者进行详细检查、鉴别，给出诊疗方案，一边对学员进行现场带教，指导他们如何问诊、鉴别、诊断和治疗。

与此同时，他们还结合病例筛查，围绕发病率、发病病种进行了深入研究和探讨，初步总结出了日喀则市精神障碍患者的发病规律和原因。

日喀则市精神障碍患者以精神发育迟滞伴精神障碍和癫痫所致精神障碍为主，这与内地以精神分裂症为主有着很大的不同。究其根源，主要是当地缺乏专业的围产期保健指导，孕产妇无法进行科学筛查，不能及时采取有效措施预防，导致许多孩子一出生就存在智力发育迟滞等问题，从而影响一生的健康。

这些研究成果为日喀则市以后科学预防精神障碍疾病、降低精神障碍发病率提供了重要参考。

最令人可喜的是，经过6位专家3个月锲而不舍、持之以恒、面对面、手把手地现场带教，18位学员都增长了见识、学到了本领，初步掌握了轻型精神障碍患者的鉴别、诊断和治疗能力。后来，有13名学员经过西藏自治区卫生健康委员会考试，取得精神卫生执业资格。

2020年9月9日，对于日喀则市精神卫生防治领域来说，是一个具有里程碑意义的日子。

这天，日喀则市第一家精神卫生科在南木林县人民医院成立。当天，正在日喀则参加"鲁藏精卫结对帮扶"活动的山东省精神卫生中心院长于天贵与南木林县分管卫生健康的领导共同为精神卫生科揭牌，我参加了揭牌仪式。

此后，我又积极推动桑珠孜区、白朗县、昂仁县、聂拉木县人民医院相继成立了精神卫生科，从根本上解决了精神疾病筛查诊治和精神类药品采购资质问题，5县区精神疾病患者规范管理率、服药率有了大幅提高。

"因为我想念自己的孩子,亏欠自己的孩子,所以才更发自内心地爱西藏的孩子。既然对家人尤其是对女儿已经有亏欠,那么就要让这份亏欠变得有价值、有意义!"

07

利己与利他

2023年7月，日喀则市南木林县热当乡孜布村的晋米多吉发微信告诉我，他已经从江苏食品药品职业技术学院毕业。

我发自内心为他感到高兴。

虽然我平时和他联系不多，但通过社交软件，对他还是比较了解的。

晋米多吉已经长成一个浓眉大眼、皮肤黝黑、体格健壮的帅小伙儿。

不了解他过去的人不会想到，3年前他还是一位濒临死亡的先天性心脏病重症患者。

他患的是复杂的"法洛四联症"。

最要命的是，当我们发现他的时候，经医疗专家评估，他的生命最多维系两年。

征得晋米多吉父亲同意后，我下定决心请专家为他手术。

经过两个多月的救治，命悬一线的他获得了"新生"。

当时，为了他我几乎三天三夜没有合眼。

晋米多吉这个名字，我终生难忘。

救治晋米多吉是我3年援藏生涯中压力最大、最受煎熬也最为自豪的一件事。

这也是我有生以来第一次面对在他人生死和个人前途做出抉择。

在很多人看来，我这无疑是拿自己的政治生命作"赌注"。

赌赢了，晋米多吉得救；赌输了，自身乃至整个山东援藏干部工作组的声誉都将蒙受损失。

最令我担心和揪心的是，我倾注了那么多心血、费了那么多力气、寄予那么大希望的"鲁藏一家亲·共圆健康梦·齐鲁医疗高原行"救治活动将可能因此而夭折，最终受影响的还是日喀则的藏族同胞。

很幸运，我赌赢了！

这次经历在我的援藏生涯和人生履历中打下了深深的烙印，哪怕时间已经过去4年之久，回想起来，我还是心有余悸。

2020年上半年，当时尚不清楚日喀则市妇幼保健院新建门诊综合楼和院区改造项目前景如何，几名专家的诊疗作用也仅限于妇幼保健院，我琢磨着，自己不能闲着呀，还得想方设法找点事做，尽可能地多为藏族同胞的健康谋福祉。

带着这个想法，我进行了深入调研。

我发现，日喀则市部分多发病、常见病患者面临着"区内无法医治、区外无钱医治"的难题。比如白内障，农牧民患病率很高，日喀则市多数县级医疗机构不能独立开展手术；小儿斜视弱视救治，整个西藏尚属空白；先天性心脏病只有西藏自治区人民医院可以医治，但相比内地而言，医疗水平较低，手术能力有限，尤其很多患儿家庭因担负不起高昂的医疗费用而放弃治疗。

针对这些疾病患者，往批山东援藏干部工作组没有成规模、成体系、成机制组织过公益救治，从2006年到2018年，只组织过4次"西藏光明行"，且仅限于白内障患者治疗。

2019年7月，我们进藏后，虽有个别市援藏干部工作组开展过公益救治，但因资金有限，救治人数很少，且后续要不要搞、能不能搞，还要看有没有富余资金，可持续性不强。

别的事情能等，可疾病不能等，尤其是先天性心脏病患者更不能等，很多儿童在等的过程中就夭折了。

这些都给了我很大的触动。

经过深思熟虑，我萌生了一个大胆的想法，改变公益救治各市援藏干部工作组单打独斗，活动随机化、碎片化现象，由援藏干部中心管理组列入援藏计划，统一部署，统一落实，统一救治，从而实现公益救治规模化、常态化和制度化，最大限度救治疾病患者。治疗费用除去医保报销外，缺口部分由我们统筹解决，不让藏族群众花一分钱。

对于救治活动的名称，我颇费了些心思，思来想去，最终定名"鲁藏一家亲·共圆健康梦·齐鲁医疗高原行"。

我将活动建议方案起草好后，向马金栋书记和中心管理组做了汇报。

马金栋书记等人对此给予充分肯定，决定由中心管理组每年划拨专项资金用于该活动，同时整合西藏自治区有关政策资金，以及面向社会各界筹集部分资金。

从项目立项审批到征集承办医疗机构，为此我没少动脑筋，费心思。

毕竟是新生事物，和哪些医疗机构对接、找哪些单位筹款，我心里着实没底。

令我没有想到的是，凡是联系的机构和个人没有一个"踢皮球"的，一听我说明来意，都表示没问题，一定全力支持。

山东省红十字会、山东省医学会、山东省立医院、山东省立第三医院、济南市中心医院、青岛市中心医院、烟台毓璜顶医院、淄博市中心医院、济南华视眼科医院、山东广播电视台、山东互联网传媒集团、山东德贝医疗科技有限公司、山东千慧知识产权集团有限公司等多家单位和机构都踊跃参与进来。在后续活动开展过程中，又有更多的个人参与进来，让藏族同胞见识到了山东人的淳朴、善良和热情。

别说受益的藏族同胞感动，我都感动得不得了。

家乡人民真是太给力了，怎么形容他们呢？

可以说是既讲政治，又有大爱。

经过紧锣密鼓地准备，2020年9月2日，"鲁藏一家亲·共圆健康梦·齐鲁医疗高原行"暨山东省医学会儿外科分会西藏公益行启动仪式在日喀则市妇幼保健院隆重举行。

马金栋书记、时任日喀则市政府分管卫生健康工作副市长巴桑普赤、山东省医学会秘书长张林、山东省立医院小儿外科主任吴荣德、泰安市中心医院党委书记兼院长倪庆宾、淄博市立医院副院长齐湘杰、日喀则市卫生健康委员会党组书记叶青莲出席启动仪式。

借着兼任中心管理组宣传文体组组长的便利，我将新华社西藏分社、人民日报社西藏记者站、经济日报社西藏记者站、西藏广播电视台日喀则记者站和日喀则市主流媒体的记者都邀请了过来。

我的想法很简单，既要低头干活，也得抬头吆喝，做好事不能默默无闻，得让老百姓知情，这样才能发挥社会效益，让更多藏族同胞参与进来受益，让更多家乡人民参与进来支持，也才能起到"鲁藏一家亲"的融合促进作用。

9月2日当天，山东省医学会儿外科分会向日喀则市妇幼保健院捐赠了麻醉机、远程心电图机、除颤仪、监护仪、消毒机、黄疸仪等总价值70余万元的医疗设备和耗材。

接下来的两天时间里，山东省医学会儿外科分会的7位专家委员又先后为40多位肢体残疾疑似患儿进行了义诊，为2名患儿分别进行了全麻下腹腔镜疝囊高位结扎术和鞘状突高位结扎术，借助日喀则市妇幼保健院，采取"线上+线下"的方式，面向日喀则全市医疗机构儿外科医护人员举办了 6 场讲座。

活动大幕拉开，好戏一台接着一台。

9 月 5 日，山东省医学会儿外科分会的专家们离开日喀则返回山东。

9 月 6 日，山东省精神卫生中心院长于天贵率领济南、青岛、淄博、烟台、潍坊五市精神卫生中心主要负责人抵达日喀则，开展"鲁藏精卫结对帮扶"活动。

前后 5 天时间里，于天贵一行先后与日喀则市疾控中心和山东对口支援的 5 县区医疗机构签订结对帮扶协议，并向日喀则市疾控中心捐赠了价值 20 余万元的精神卫生类药品。

9 月 10 日，刚刚把于天贵一行送走，9 月 12 日，又迎来了开展"西藏光明行"活动的专家们。

中国医师协会斜视与小儿眼病专委会副主委、济南华视眼科医院院长、首席专家王利华率领专家团队在日喀则市停留了 9 天。

其间，他们先后为日喀则市的 2302 名儿童进行了斜视弱视和眼病筛查，先后实施包括斜视、白内障、胬肉在内的手术 75 台，为 61 名弱视儿童免费配镜治疗。

这中间，我需要协调学校、医院，联系手术室，准备手术器械，那叫一个忙活。

9 月 20 日，王利华一行结束"西藏光明行"活动，返回山东。

而我则要投入到下一个项目——日喀则市先天性心脏病患儿救治项目当中去，给 5 县区援藏干部工作组发通知、制定活动方案。

10 月 11 日，我赶赴拉萨贡嘎机场，迎接山东省红十字会赈灾救护部部长王永君，济南市中心医院心外科主任张锋泉、主治医师张鹏飞、主管技师赵倩倩组成的日喀则市先天性心脏病患儿复查评估组。

10 月 12 日，我将复查评估组接回日喀则。

10 月 13 日，张锋泉、张鹏飞、赵倩倩三人在日喀则市妇幼保健院开始对事先由 5 市援藏干部工作组组织筛查出的 80 余名先天性心脏病疑似患儿进行筛查评估，确定手术对象。

我现场指挥调度，援藏医疗队全体成员全程参与，提供引领、登记等服务。

人命关天，任何一个环节都不容有失，不在现场盯着，我不放心。

不放心归不放心，凭借事先对济南市中心医院心外科专家团队的详细考察和了解，我对后续救治还是很有信心的。

我当时还乐观地想，等这个项目结束，就能为2020年度"鲁藏一家亲·共圆健康梦·齐鲁医疗高原行"活动画一个圆满的句号，自己也能静下心、腾出手来去推动日喀则市妇幼保健院建设项目了。

然而，我万万没有想到，项目进展远远超出了我的预期，成为我一生挥之不去的记忆。

筛查评估开始时间不长，潍坊医疗援藏人才王天民和张锋泉将一个藏族大男孩领到了我跟前。

看得出，王天民和张锋泉两人表情凝重，那名藏族男孩则一脸茫然。

张锋泉先简要介绍了这名男孩的筛查评估状况："晋米多吉，19岁，即将读高中三年级，病情比较严重，现在这个年龄是他最后的手术机会，如果错过，将再没有手术可能。如果不手术，生命最多维系两年。两年之后，说不定哪天就没了！"

两人之所以领着晋米多吉来见我，主要是他的年龄超过了事先规定的"0—18岁"的救治范围。

看着眼前这个高大却面容憔悴的男孩，想着张锋泉说的"如果不手术，生命最多维系两年"的话，我的心立马就软了。

我怎能因为年龄之差就狠心将这个男孩拒之门外，眼睁睁看着他走向死亡？

我几乎没有犹豫就表了态："把他纳进来，至于年龄超范围的事我来跟马金栋书记汇报。"

接着,我拿起手机向马金栋书记做了汇报,马金栋书记表示同意。

事实上,晋米多吉已经不是第一个"破例者"。

在他之前,来自定日县的拉姆玉珍被确定具备手术指征后,青岛医疗援藏干部徐涛也前来找我协调。

因为定日县不是山东对口支援县,按照项目规定,不能纳入。

"既然孩子已经来了,哪有让她回去的道理,纳进来吧!"我表了态。

事实证明,拉姆玉珍和晋米多吉两个破例纳入救治范围的孩子都是幸运的孩子。

当天的筛查评估进行得很顺利,不到下午2点就结束了,共确定手术对象27名。

这时,烟台援藏干部人才副领队冷晶思突然给我打来电话,用异常焦灼的口吻说:"因为工作人员疏忽,聂拉木县有5个初筛出来的先天性心脏病患儿没有送到日喀则,能不能请专家们明天帮着复查评估一下?"

这是我事先没有料到的。

因为我此前调度时,聂拉木县反馈暂时没有先天性心脏病疑似患儿。

原本计划第二天安排专家们在市区休整考察,没想到有5个孩子被遗忘了。

我来不及多想,果断对冷晶思说:"赶紧组织人员、车辆,连夜将孩子送到日喀则来,明天上午请专家们复查。"

之所以要求连夜,是因为我知道,从聂拉木县到日喀则市区500公里的路程,需要跑10多个小时才能赶到。

夜里12时左右,聂拉木县的5个孩子被安全送到。

第二天一早,张锋泉等专家在酒店房间里一边吸着氧气,一边利用带过来的便携式B超为5个孩子进行了复查,结果全部符合手术指征。

那一刻，我非但没有因为这新增的 5 个孩子平添很多工作而不快，反倒为能多救治 5 个孩子而感到格外开心。

那个时候，我还是抱持着乐观的心态，丝毫没有意识到最大的危机因为我的"破例"即将到来。

10 月 15 日，经过两天紧张地协调和准备，我与复查评估组、日喀则市卫生健康委员会、5 市援藏干部工作组抽调的工作人员和翻译，兵分两路，带领 32 名先天性心脏病患儿和 32 名陪同家长赶赴济南。

如此大规模的组团出行，日喀则和平机场的航班难以消化，只能分流一部分从拉萨贡嘎机场出发。

当天晚上，两路人马陆续抵达济南。

我们赶到济南市中心医院时，已经是夜间 11 点半了。

待到患儿全部安排妥当，我又察看了第二天举行"日喀则市先天性心脏病患儿救治项目启动仪式"的现场，指出了需要纠正和改进的问题，才拖着疲惫的身躯往家赶。

回到家已是凌晨 2 点半。

迷迷糊糊大约睡了 4 个多小时，我顾不得满身的疲惫和浓浓的睡意，翻身起床，洗漱完毕，饭也没吃，便打车赶往济南市中心医院。

当天上午 10 点，"鲁藏一家亲·共圆健康梦——2020 日喀则市先天性心脏病患儿救治项目启动仪式"在济南市中心医院隆重举行。

山东省政协副主席、省计划生育协会会长刘均刚，山东第九批援藏干部人才领队马金栋，时任日喀则市政府副市长甘立泉，时任山东省卫生健康委员会二级巡视员、对口支援办负责人贾伊出席仪式，分别发表了热情洋溢的致辞。

仪式结束后，按照医疗专家团队制定的计划，32 名患儿将根据病情和手术难易程度分期分批进行。

照常理，接下来的事是医疗专家团队的事，我完全可以从中抽离出来，回到家中，好好享受和家人团聚的时光。

可我的心却放不下来。

我想的最多的是，我把32个孩子安安全全带到了济南，也得把32个孩子安安全全带回日喀则。否则，我无法向孩子的家人交代，向日喀则的父老乡亲交代，向关注此事的社会各界交代。

所以，我不能置身事外，每天都会赶到济南市中心医院了解情况。

直到第一批7名患儿手术全部结束，我始终紧绷着的神经才慢慢松弛下来。

接下来的时间里，除了偶尔到医院看望刚刚做完手术的患儿，接收爱心人士给藏族儿童捐赠的礼物，陪同省领导到医院探视患儿，我没将更多精力放在医院。

我有了更多时间陪同自己的女儿，心情也放松了下来。

然而，我万万没想到，就在整个活动即将接近尾声的时候，意外来了。

先是我在探视患儿过程中，突然发现来自定日县的拉姆玉珍双眼斜视。

斜视对人生的危害我是了解的，影响的绝不仅仅是外貌，更有视觉的异化和心理的自卑，将会影响孩子入学、就业甚至婚姻。

我想，孩子好不容易来一趟，得想方设法帮着孩子把眼睛治好，若是让孩子就这样回去，她可能再也没有治愈的机会了，对她来说是永远的缺憾，对自己来说也是一生的遗憾！拉姆玉珍原本就是破格纳入救治范围的孩子，再破一次例又何妨？！

我迅速联系了王利华。

王利华丝毫没有含糊，安排人将刚刚做完手术不久的拉姆玉珍接到了济南华视眼科医院，免费为她做了斜视矫正手术。

要知道，一台斜视矫正手术费用在1万元以上，且不能通过医保报销，对家境贫困的拉姆玉珍而言，这又减轻了多少负担啊！

想到这里，我异常地高兴和欣慰！

可高兴没两天，一个新的更大的麻烦突然冒了出来，将我惊得心跳加速、坐卧不宁、寝食难安。

那天傍晚，我正陪着女儿在外面玩儿，忽然接到张鹏飞打来的电话。

张鹏飞的声音很低沉，让我有种不祥的预感。

他说："大哥，有个事向你汇报一下。"

我说："兄弟，你说吧！"

张鹏飞告诉我，经过医院对晋米多吉进行全方位术前检查，发现他的病情属于复杂类型的"法洛四联症"，这还不是最大的问题，最大的问题是晋米多吉肝肾严重损伤，严重贫血，根本不具备手术条件。

张鹏飞最后问："大哥，您看这个患者怎么办？"

犹如晴天霹雳，我的脑袋"嗡"的一声，心也倏地悬了起来，原本大好的心情一下子变了！

"怎么会这样？"我暗暗叫苦。

短暂的慌乱过后，我竭力镇定下来。

我没有责怪也没有抱怨他们当初为什么没有看出来。

我明白，现在这个时候责怪和抱怨于事无补，当下最要紧的是研究解决办法。

我对电话那头等着回音的张鹏飞说："你让我好好考虑考虑，明天再答复你！"

我无心再陪女儿玩耍，带着她匆匆返回家中。

是夜，我躺在床上辗转反侧、难以入眠，翻来覆去地想到底该怎么办。

毕竟自己不是学医出身，还是要征求和尊重专家的意见。

第二天一早，我急匆匆赶到济南市中心医院，向张锋泉等人了解情况，征求意见。

张锋泉皱着眉头说："昨天已经跟他父亲多布杰谈了话，多布杰坚持要做手术。假使要做手术，也需要先治疗其他疾病，把各项生理指标调整好再说。当然，究竟最后手术能否成功还很难说。"

"那就先治疗其他疾病，把各项生理指标调整好再说。"

我当场拍板，晋米多吉随后被转入其他病房，接受治疗。

到了这个节骨眼儿上，只能走一步看一步了。

过了几天，我到济南市中心医院接收完爱心人士捐赠的礼物后正待动身回家，张锋泉叫住了我。

张锋泉说的还是晋米多吉的事。

说实话，当时一听"晋米多吉"这四个字，我就头大。

可我还是得耐心听张锋泉把话说完。

张锋泉反复询问几句话，其他指标调好后，究竟该怎么办？手术失败该怎么办？到底做还是不做？

看来，即使把各项指标调整好，他也没有手术成功的把握。

这次，我没有当场表态，还是那句话："等我考虑考虑再说！"

又是一个不眠之夜。

人的本能是趋利避害。

任何一个懂得医学常识的人都明白，是手术就有风险，何况是涉及心脏的手术。

然而和普通患者自己到医院求医、自主决定手术不同的是，我们组织的是公益救治活动，涉及人多、影响面大，从政治和社会角度看，追求的是"万无一失""百分之百"，否则就会"功亏一篑""满盘皆输"。

对山东援藏干部工作组而言，能够救人于危难，本是好事一桩，可如果出了意外，那就好事办成了坏事。

这样的结果谁能受得了？谁能承担一切无法预知的后果？

我不是超人，也食人间烟火，对其中的利弊，我不能不反复权衡，慎之又慎。

那晚，我想了很多很多。

我假设了手术失败后的种种可能：一是家属不接受，可能会引发医疗纠纷；二是社会不理解，可能会引发负面舆论，对山东援藏声誉造成不良影响；三是后事处理很棘手，毕竟藏族和汉族丧葬习俗不同，鲁藏相隔万里之遥，如果家属不同意就地火化而坚持把遗体带回去的话，怎么办？四是将直接影响后续先心病患儿特别是家属的治疗信心，很多藏族同胞尤其是农牧民本来就对手术有恐惧心理，能够将这些患者动员来已是费了九牛二虎之力，万一出现意外，以后再组织此类活动就更难了，那将意味着更多的孩子失去手术机会。这是最严重的后果！

一边是随时可能逝去的生命，一边是种种无法预料的后果。

思来想去，我找不到明确的答案。

有几个瞬间，我甚至萌生了放弃的念头，可随之又被自己否定了。

这是危在旦夕的生命啊，治病救人是最现实、最急迫的，其他的真那么重要吗？再说，万一成功了呢，不是一切都排除了吗？

尊重生命、拯救生命的心理渐渐占了上风，但我还不能做出最终决定，我还要听听家长的意愿和专家的意见。

我想，只要家长愿意，专家敢做，我就放手一搏。

我不能眼睁睁地看着生命在眼前黯然逝去。

第二天一早，我赶到济南市中心医院，再次跟张锋泉交换意见。

张锋泉说："晋米多吉的父亲得知孩子真实病情后，要求给孩子手术的意愿非常强烈！"

我问张锋泉："这个手术，你到底有多少把握？"

他没有正面回答我，而是反复强调，是手术就有风险。他说："这个手术风险很大，北京曾有过一例类似病例，但手术失败了。"

听到这儿，我的心又是一沉！

张锋泉又说："根据晋米多吉目前的各项生理指标，如果不做，最多只有两个多月的活头了！做，还有希望！"

我问张锋泉："那你到底是想做还是不想做？"

"我希望做！我只是担心会给你带来麻烦！"张锋泉表达了自己的真实想法和顾虑。

不能再犹豫了！

我斩钉截铁地说："那就做！我尊重家长的意愿和你的意见，但凡有一线希望，我们就尽百分之百的努力，你放心大胆去做，一切后果我来承担！"

当说出这番话来的时候，我感觉自己有一种悲壮感。

那一刻，我真豁出去了！

我明白，如果我摇头否定，晋米多吉彻底没救了，等待他的将是已经预见、为期不远的死亡！可只要我点头同意，晋米多吉就有希望！手术成功，我们就赢了！假使手术失败，我也认了，毕竟我已经尽了全力。

做出决定后，晋米多吉开始进入漫长的其他疾病治疗期。

可从那天起，我的心就时刻悬着，整宿整宿处于失眠的状态。

担当归担当，胆量归胆量，要说不害怕那是假的。

目光紧盯救治活动的同时，我见缝插针，联合山东省卫生健康执法监督局于11月4日至13日举办了日喀则市卫生监督执法人员能力提升培训班，对28名来自日喀则市卫生健康系统的卫生监督执法人员进行了培训。

我将培训前期工作安排妥当后，没能等到开班，便被援藏干部中心管理组催促，于11月4日匆匆返回了日喀则。

返程那天，除去飞机在咸阳国际机场经停那一个小时，我几乎全程都在睡觉。

这跟以往的情形大不相同。

我好像患有幽闭恐惧症。每次乘飞机，无论起得多早，路途多远，时间多长，都难以入睡，哪怕只是片刻，所以每次空中飞行都只能睁着眼睛看舷窗外的风景，很煎熬。

可这次情形彻底逆转了，我居然睡了一路。

飞机在和平机场降落后，我还在沉睡中，最后是被同机的乘客给唤醒的。

昏昏沉沉出了机场，坐上前来接我的车往市区赶。

回到公寓，我继续倒头大睡，一直睡到晚上8点多钟，才稍稍有点精神。

大约过了10多天，我刚刚缓过神来，张锋泉的一通电话又让我的心悬了起来。

张锋泉告诉我，晋米多吉将于明天（11月18日）手术。

那一刻，尽管我对张锋泉说了很多鼓励的话，可我却能清晰地感觉到自己的心跳异常激烈。

又是一夜无眠。

好不容易熬到天亮，晋米多吉该进手术室了。

我拿过手机拨通了张鹏飞的电话。

此时此刻，我其实不想跟张锋泉通话，怕他承受额外的压力。

我嘱咐张鹏飞，条件允许的情况下，要随时向我报告手术进展情况。

"手术开始了！"

"手术已经结束！"

"心电监护正常！"

⋯⋯⋯⋯

张鹏飞随时向我通报着情况，我的心则始终扑腾扑腾地跳着，生怕中间会出任何闪失和意外。

晋米多吉在重症监护室待了一整天，我的心跟着悬了一整天。

万幸，经过医疗团队的精心救治和护理，晋米多吉终于闯过了"鬼门关"!

得知这个消息的时候,我那颗始终悬着的心终于落了地。

那晚,我难得睡了一个好觉。

手术结束后,又经过 20 多天的调养,晋米多吉于 12 月 15 日康复出院,在父亲陪伴下乘机返回日喀则,此时距离他入院已经过去了整两个月的时间。

晋米多吉由此成为该批患者即我整个援藏期间救治的先天性心脏病患者中住院时间最长、花费医疗费用最多的一位。

那天,我去机场迎接晋米多吉。

尽管晋米多吉依旧腼腆、木讷,可他的气色已经明显好了很多。

晋米多吉的父亲多布杰见到我后泣不成声。

他用藏语说:"是山东援藏救了我儿子的命。"

想着过往种种,我的眼圈也红了。

尽管晋米多吉历经波折,让我饱受折磨,也花了很多医药费,可我很欣慰,面对一条本来转瞬即逝却又挽回来的生命,所有的辛苦、惊吓和花费,都值得!

事后,我写了一篇题目为《面对生命的抉择》的文章,记录这段艰难曲折的经历。

很多朋友看到文章、得知情况后,纷纷给我打电话,劝我"以后可千万不要这么干了!太冒险了!"

我明白朋友们的心思。他们都是好意,怕我的政治前途会因为任何意外和闪失而受影响,怕我 3 年的援藏辛苦付诸东流。

我当时也听进去了,盘算着以后不能再冒险了。

一次侥幸成功不代表次次都能成功,常在河边走哪有不湿鞋的呢?

2021 年 10 月 10 日,日喀则市先天性心脏病患儿救治项目再次启动。

承担此次复查评估任务的是山东省立第三医院。

省立第三医院副院长冯肖亚带领心脏大血管外科主任常忠路、心内科主任徐庆国、特检科主任米加组成的专家组来到日喀则，对我们预先筛选出的40多名先天性心脏病疑似患儿进行复查评估。

复查评估结束后，专家们明确告诉我，有几个患儿病情复杂，不适合手术。

我原本打定了主意，此番一定要小心谨慎的，可当看到那些孩子澄澈的眼睛和家长们那无助的眼神时，尤其是看到只有6个月大还在妈妈怀中吃奶的索朗巴姆时，我的心又软了。

我没有急于做决定，而是将几个孩子的检查数据发给济南市中心医院的张锋泉，请他们看一看是否还有手术可能。

张锋泉看后，认为虽然难度大，但是可以手术。

后来，我才想起来，单纯从心电彩超检查数据评估患者病情是不科学的，只有进行全面的术前检查后才能得出正确的结论。

可当时由于救人心切，忽略了这个问题。

后来，经过研究决定，将筛查确定的23名先天性心脏病患儿分成两组，一组到省立三院手术治疗，一组到济南市中心医院手术治疗。

我和复查评估组一道陪同23名患儿和23名家长飞到了济南。

我将病情较为复杂的几例患者放到了济南市中心医院。

因为有2020年的救治经历，我对济南市中心医院心里还是有底的。

我本以为既然张锋泉给出了"可以手术"的结论，就再也不会像去年那样经历过山车般的挑战。

没有想到，还是出了和2020年同样的意外。

一天，张锋泉给我打电话，说有几个孩子病情特别复杂，风险很大，究竟怎么办？是将人送回日喀则还是选择手术？

又是和2020年同样的问题，但又不完全一样。

这次风险大的不是一个，而是几个。

真是怕什么来什么，怎么提防着提防着，同样的问题又来了，而且不止一个？！

我的头又大了。

我当即和张锋泉约定面谈，毕竟当面讨论比电话沟通更有底一些。

撂下电话，我风驰电掣般赶到济南市中心医院。

医疗团队成员齐聚一堂。

先由张锋泉逐个介绍病情，接着请各位专家发表意见。

专家们意见大体一致，共同的结论有两点：一是几个患儿病情危重复杂，手术风险很大；二是如不手术，几个患儿生命随时面临危险！

现在，专家们最纠结的是，他们既想给这几个患儿做手术，可又害怕手术失败，担心没法向山东援藏干部工作组、西藏同胞和社会各界交代。

所以他们要听我的意见。

"球"再次踢到了我这里，我再次面临生命的抉择，而且是几条生命的抉择。

好在有去年的经历和积累的底气，这次，我没有过于慌乱。

经过短暂思考，我给专家们讲了几点意见："一是我们将这些孩子千里迢迢带来，很不容易，我们要争取百分百的成功率，把孩子们一个不少地带回去；二是只要家属愿意，只要专家们认为有一线希望，我们就尽百分百努力！三是要多学科会诊，力争不出任何意外；四是要和每个家属进行谈话，征求意见，引导他们尊重医学，承认现实，降低预期，从思想上要对可能的失败有所准备；五是做好预案，对随时可能出现的失败做好充分准备。"

最后我还是那句话："万一出了意外，我担着！"

此后，我再次陷入了焦灼，比2020年更甚的焦灼！

但我也隐隐期待着和2020年一样，患儿们有惊无险，转危为安。

还是和 2020 年一样，没能等到全部孩子做完手术，我再次因为工作需要返回日喀则。

可我的心一刻也没有放下，始终在悬着。

此前，跟我一起护送日喀则市先天性心脏病患儿到济南的孙靖，是济南市中心医院派出的济南市"组团式"援藏医疗队员。

那段时间，她一直盯在医院，帮着照护那些患儿。

孙靖深深理解我的担忧，随时向我发送那几名危重患儿的动态。

每名患儿都牵动着我本已紧绷的神经，每条信息都让我心神不宁。

"索朗巴姆今天情况不太好，已经上呼吸机了！"

一天下午，孙靖突然给我发来这样一条信息，我的心登时提到了嗓子眼。

我赶紧将电话拨过去，询问情况，恰好张锋泉也在，便又问他到底什么情况。

张锋泉再次说："还有希望！之所以出现这种情况，就是先天性心脏病所致！只要做完手术就没问题了！"

"那就全力以赴抢救，确保尽快手术！"我几乎是咬着牙说的。

又是几天的煎熬！

10 月 27 日，孙靖给我发来信息，说："索朗巴姆明日手术！"

又是一夜没睡！

第二天一早，我强打精神，等候着孙靖"来自前方的报道"。

13 时 10 分左右，张锋泉和孙靖相继给我打来电话："索朗巴姆手术顺利，非常漂亮！"

撂下电话，我长舒一口气，一屁股坐在了床上。

在这次与病魔的较量、与死神的赛跑中，我们又赢了！

人的一生，总会面临这样那样的选择，进与退、得与失、名与利、荣与辱……

面对选择，多少人辗转反侧、夜不能寐、进退两难、犹豫不决？

"两害相权取其轻，两利相权取其重"是世人遵循的基本法则。

面对他人生命与个人前途，我做出了异于常人的选择。

2021年10月，曾有记者采访过我一个问题："您离家赴藏的时候，您孩子还那么小，请问您是怎么考虑的？组织日喀则的先天性心脏病患儿到济南手术，您又是如何想的？"

一句话击中了我坚韧而又脆弱的神经。

记者们不知道，我最怕的就是别人在我面前提起自己的孩子。

我努力平复了很长时间。

我对记者说："因为我想念自己的孩子，亏欠自己的孩子，所以才发自内心地更爱西藏的孩子。既然对家人尤其是对女儿已经有所亏欠，那么就要让这份亏欠变得有价值、有意义！"

是的，正是基于对自己孩子的爱，才让我对西藏的孩子有了更深的情。

也正是基于对自己孩子的爱，才让我有了置个人名利前途于不顾的选择。

我是一名父亲，我深深爱着我的两个孩子。

换位思考，推己及人，我更能体会日喀则市那些先天性心脏病患儿父母的心情。

尽管"鲁藏一家亲·共圆健康梦·齐鲁医疗高原行"活动充满了波折，但更多的还是收获。

从2020年到2022年，我们先后组织了3次大规模救治活动，累计投入援藏资金100余万元，筹集社会资金1000余万元，先后救治各类疾病患者1700余名，其中先天性心脏病患儿132名、小儿斜视弱视患者589名、白内障患者165名。

更令我自豪的是，经过我的推动，这项活动被纳入山东援藏"十四五"

规划，成为山东援藏雷打不动的"规定动作"。

"鲁藏一家亲·共圆健康梦·齐鲁医疗高原行"活动的持续开展，有效解决了日喀则市部分疾病患者"看病贵、看病难"的问题，有力保障了群众的生命健康，也从根本上避免了群众因病致贫、因病返贫问题。

时任山东省副省长孙继业、省政协副主席刘均刚相继对此作出重要批示，时任西藏自治区人大常委会主任洛桑江村称赞这项活动是"真正的大功德"。

2020年11月26日，我作为山东第九批援藏干部中心管理组派出的省直代表参加了中央援藏办组织开展的全国援藏工作中期评估会议，重点介绍"鲁藏一家亲·共圆健康梦·齐鲁医疗高原行"活动，在全国17个援藏省市特色援藏工作评选中名列前茅。

从2020年开始至2022年7月，山东省卫生健康委员会连续3年在国家卫生健康委员会召开的对口支援西藏工作会议上作典型发言。

我兑现了当初面向委领导许下的"我援藏3年一定要让咱们单位在全国卫生健康系统对口支援工作会议上作典型发言"的诺言，且超额兑现。

干工作就应该这个样子，不干则已，干则必成！

太阳再温暖,也有照不到的地方,于是人间便有了爱。爱是一股力量,一股可以温暖世人心房的力量,一股可以推动社会进步的力量,一股可以让世界每个角落充满阳光的力量!

08

爱的汇流

太阳再温暖,也有照不到的地方,于是人间便有了爱。

爱是一股力量,一股可以温暖世人心房的力量,一股可以推动社会进步的力量,一股可以让世界每个角落充满阳光的力量!

千斤重担万人挑,众人拾柴火焰高。"鲁藏一家亲·共圆健康梦·齐鲁医疗高原行"活动顺利开展,离不开方方面面的参与、支持和努力!如果没有他们,仅凭山东援藏工作组和援藏医疗队,很难取得这些成效。

一路走来,我有着太多的感慨和无尽的感动。

第一个让我感动的人是中国医师协会斜视与小儿眼病专委会副主委、济南华视眼科医院院长、首席专家王利华。

我们两人结识于 2020 年,是王利华主动联系的我。

王利华找我的目的只有一个:带队赴日喀则开展"西藏光明行",特别提出以小儿斜视弱视筛查救治为主、白内障等其他眼疾为辅,资金、药品和耗材全部自行解决。

当时我正谋划"鲁藏一家亲·共圆健康梦·齐鲁医疗高原行"活动,

王利华此举对我而言可谓雪中送炭。

不过，这也大大出乎我的意料，一家民营眼科医院的院长宁可耽误家中的业务，也要到日喀则开展公益活动，关键是斜视手术没有纳入医保范围，没有任何收益。按照王利华的救治计划，100 万元的救治费用都得由他个人承担，人家图啥啊？！

可王利华主动找上门来，且言辞恳切、态度坚定，我怎能不感动，又怎能不想方设法玉成此事？

2020 年 9 月 12 日，王利华率领 11 名医护人员赶赴日喀则，开展了为期 9 天的"西藏光明行"。

那是我第一次见到王利华。

9 天的接触下来，我对王利华有了更深的了解与认识，我也认识到这个社会上还有着纯粹的理想、高尚的情怀和跨越时空、超越亲情的爱。

早在 2006 年，时任山东省立医院眼科主任的王利华就带领十几名眼科专家奔赴日喀则开展了第一次"西藏光明行"。

那次经历，藏族同胞们淳朴的感情、遭受眼疾的痛苦让王利华受到了从医几十年最大的心灵震撼，也从此在他心里种下了将爱心活动坚持下去，携光明西行、送希望入藏的种子。

2020 年 9 月，已是王利华第 5 次入藏，此时他已经是一名 65 岁的老人了。

到日喀则之后，王利华浑身上下仿佛有着使不完的劲儿，精神头儿比年轻人还大，根本不像个年逾六旬的老人。

他不仅指挥调度，还亲自上阵手术，在手术室里一待就是一天，午饭就在手术室里吃一份盒饭，吃完接着手术，有时一天要做十几台手术，忙到晚上 9 点多。

我担心他身体吃不消，劝他放慢节奏，有些事可以交给年轻人去干。

可他爽朗地笑着说："没事儿，没事儿！你不知道，我越有手术越兴奋，手术越多越踏实，来一趟不容易，多做一例是一例！"

2021年，王利华再次带领团队到日喀则开展"西藏光明行"，令我尤为感动的是，此番进藏，他带上了自己的儿子。

他对我说："要让他接受精神的洗礼，等将来自己走不动了，由他把这项公益活动继续下去！"

2022年，因为疫情原因，王利华牵头的"西藏光明行"被迫暂时中断，但2023年恢复正常后，王利华铆足了劲，筹集了价值300万元的医疗物资，一口气组织了51人的医疗团队，分成若干小分队，深入山东对口支援的5县区，为13所学校10741名中小学生进行了近视、斜视、弱视筛查，为1000余名儿童免费配镜，为62名斜视患者免费实施矫正手术，为131名藏族同胞免费实施白内障复明手术。

此时，我虽已结束援藏任务返回山东，但我仍然关注着王利华在西藏的一举一动。

我太了解王利华的脾气秉性了，他这是要把2022年没能进藏的缺憾补回来。

为什么，就是为了一份纯粹的爱！

另外两位让我感动的是济南市中心医院心外科主任张锋泉和副主任宁岩松。

两位专家对藏族先天性心脏病儿童是发自内心的牵挂与疼爱，从事公益救治活动的积极性非常高。自从2020年接诊第一批日喀则市先天性心脏病患儿之后，算是擩上我了，每年刚刚开了春就打电话，跟我商量进藏筛查的时间。

2020年，张锋泉亲自带队赶赴日喀则，交通、吃住全部自行解决。到日喀则后顾不上休整，接着就投入复查评估中。

他是顶着剧烈的高原反应，一边吸氧一边筛查，那种敬业精神令人肃然起敬。

最令我钦佩和感激的是他"敬佑生命、救死扶伤"的职业精神，哪怕是病情再复杂、手术难度和风险再大，但凡有一线希望，他也绝不放弃。

从 2021 年开始，宁岩松又从张锋泉手中接过"接力棒"，先后两次奔赴日喀则，深入山东对口支援县区开展先天性心脏病患儿筛查。

从 2020 年到 2022 年，济南市中心医院承接了 3 次日喀则市先天性心脏病患儿救治活动，累计手术 49 例。

49 例手术，49 条鲜活的生命在他们手中获得"新生"！

可是为了挽救这 49 条生命，他们究竟吃过多少苦、遭过多少罪、受过多少累、冒过多大险，外界很少有人了解，只有他们自己清楚。

没有金刚钻，揽不了瓷器活。

张锋泉、宁岩松这个团队是承接日喀则市先天性心脏病患儿救治项目的主力军，占总救治人数的三分之一强，关键承接的很多都是病情复杂程度高、手术难度大的患儿。如果没有他们的积极参与、热情推动，这个项目的效果会打很大折扣。

除了王利华、张锋泉、宁岩松，还有很多的人和事让我深受感动。

2021 年 7 月 27 日，由山东省互联网集团牵头、山东德贝医疗科技有限公司董事长厉欣出资 50 万元赞助的"山东西藏光明行·2021 白朗行"活动在白朗县启动，山东省立医院眼科主任张晗领衔的专家团队为当地 88 名白内障患者免费实施复明手术，同时成立了山东省立医院眼科中心日喀则工作站。

2021 年 9 月 5 日，由山东千慧知识产权集团董事长李侠出资 30 万元支持的"西藏光明行"团队奔赴平均海拔 4513 米的昂仁县开展公益救治活动。

这些心怀大爱的人让我明白，人活着的最大意义和价值，不是精致利己、偏安一隅，而是在有能力的时候去做祖国需要的事，去帮助需要帮助的人。

大规模的慈善公益让人肃然起敬，一些藏在细节里的感动则令人倍感温暖。

2020年10月15日，日喀则市首批32名先天性心脏病患儿抵达济南市中心医院，医院调集全院的资源为救治保驾护航，来自不同科室的优秀护士为患儿们提供照护，让藏族同胞感受到了家一样的温暖。

2020年10月19日，一位名叫王豪的老人赶到济南市中心医院，给刚刚做完手术的6名藏族儿童每人100元零花钱和一枚纪念币。原来，他曾在西藏当过14年兵，对西藏一往情深。当天上午他到医院给老伴拿药，恰巧碰到藏族患儿家长，得知情况后，他当天下午特意赶到病房看望孩子们，表达自己的一份心意。

2020年10月26日，济南市红十字会志愿者"兵妈妈"齐亚珍团队带着志愿者们的心意赶到济南市中心医院，给日喀则的孩子们送上了泉城吉祥物"泉娃"和泉城人民的美好祝福。

2021年10月13日，我带领23名日喀则市先天性心脏病患儿和23名藏族家长乘机赶往济南途中，一位年轻的小伙子主动跟我取得联系。

小伙子操着一口地道的济南话对我说："听说是到咱们山东治疗的藏族孩子，你们做了这么大的好事，我也想回去之后给孩子们献份爱心，给他们准备点零食，或者买个书包。"

这个小伙子叫李睿哲。

当晚抵达济南遥墙国际机场后，山东省立第三医院院长张勇、济南市中心医院副院长华永新早已带着各自的工作人员拉着欢迎的横幅等在机场出口。

孩子们刚一出来，两家医院工作人员便在翻译帮助下，给每个孩子佩戴上了精心制作的胸牌。

我陪同其中一组患儿前往山东省立第三医院。

到达医院后，尽管夜色已深，可医院的领导和医护人员依旧热情洋溢，每位患儿都有一位护士或抱或领向各自的病房。

病房经过了精心布置。

每个病床床头都放着医院购买的毛绒玩具，窗户上贴着"鲁藏一家亲·共圆健康梦"的心形标语，将整个病房装点得温馨可人。为了这些孩子的到来，医院上上下下费了不少心思，尤其是那些医护人员爽朗的笑声、慈爱的眼神处处透露着她们对这些孩子发自内心的爱。

10月15日，入住山东省立第三医院的日喀则市先天性心脏病患儿开始手术。

第一位接受手术的是一位来自聂拉木县的名叫旦增朗杰的8岁男孩。

旦增朗杰和陪同他前来的爷爷非常紧张，他的爷爷一遍一遍地用下巴蹭着孙子的额头安抚他，奈何旦增朗杰哭闹不止，他的爷爷更加紧张。

在翻译帮助下，我和医院领导、专家轮番上阵给旦增朗杰和他的爷爷做安抚工作。

总算稳定了他们的情绪，手术室的护士们将旦增朗杰轻轻抱了起来放到手术车上。

手术室的护士们有爱心也有办法。进入手术室等待区后，只见一辆不大不小的悍马玩具车摆在那里。

事后我得知，这是医院工会特意为这些孩子们准备的。

手术室护士长王超将旦增朗杰从手术车上抱下来放到悍马车上，三说两逗，就把此前一直哭闹、一言不发的旦增朗杰逗乐了。

不大一会儿，旦增朗杰亲自驾着玩具车开开心心地进入了手术室。

中间隔了一天，我去山东省立第三医院探望几位做完手术的孩子。

刚进病区，我就被眼前的一幕震撼了。

只见一位藏族女孩紧紧搂着护士长高明琴的脖子，俨然母女俩。

高明琴抱着孩子跟我说："这孩子可黏我了，走到哪跟到哪，昨天突然跟我说，要叫我妈妈！当时，我一听，激动得泪都下来了！"

高明琴说这些的时候是笑着说的，我的眼圈却不由自主地红了。

病区走廊里有很多披着绶带的志愿者，高明琴颇为自豪地跟我说，这些同志都是利用休班的空闲自愿跑到这里来当志愿者的，大家报名十分踊跃，怎奈我们用不上那么多志愿者，否则，一准儿都得往这跑，还不得把这里挤爆了？！

考虑到当时已经天气渐凉，回日喀则后会更冷，王超自告奋勇，为孩子们购买了漂亮时尚的羽绒服。

济南市中心医院选派的"组团式"援藏医疗队队员孙婧作为陪同人员回到济南后，绝大多数时间盯在医院，隔三差五自掏腰包给藏族孩子们买零食、玩具和衣服。

要知道，孙婧也是一位年轻的母亲，家里也有自己日思夜想的孩子，可她为了日喀则的藏族孩子们，牺牲了陪伴自己孩子的大好时光。

孙婧跟我说："有个小女孩知道我是从日喀则陪着他们一起回来的，生怕我提前离开济南，一个劲儿地问我什么时候走。"

10月16日，旺旺集团山东生产总部负责人周建新先生给日喀则的孩子们送去了他们集团生产的食品大礼包。

10月22日，李睿哲和他的妈妈亲自赶到医院，给每名日喀则儿童赠送了一个精美的书包、一套精致的画笔、两包高档食品。

看得出来，为了准备这些物品，母子二人花费了很多心思！

所有这些，都让我深深感动着，也思索着。

为什么？不图名、不图利，就是因为一份纯粹的爱！

正是因为大爱奔流，雪域高原换了人间！

正是因为众爱汇聚，雪域高原充满温暖！

所有这些，都激发着我搞好公益救治活动的热情和激情，也更加坚定了我将这项活动长期开展下去的信心和决心。

开展这项活动，源自我内心对日喀则、对藏族同胞的那份爱和感情，但真正支撑我坚定不移走下去的，却是来自社会四面八方的爱和温暖。

我们山东人重情重义，有爱有担当。我必须借助援藏的有利时机，利用有限的援藏时光，最大限度地把这些爱心资源整合起来、利用起来，最大限度地为藏族同胞的健康谋福祉。

这也是为什么援藏3年，我始终不知疲倦一路狂奔的主要原因。

整整3年的时间里，除了例行的春节休假，中间我没有休过一次假。

每次回济南，我都是带着一批先天性心脏病儿童到医院治疗，绝大多数时间都盯在医院里。

石万杰有时抱怨我："好不容易回来一趟，就不能好好陪陪孩子吗？"

我当然想陪，可我深知那些正在治疗的孩子更需要关心！

2022年6月下旬，距离我们结束援藏任期已经没有多长时间了。

当时山东第九批援藏干部中心管理组正在组织各工作组做紧张的收尾工作，身为宣传文体组组长，我还要负责筹办"山东第九批援藏援建项目集中交付使用仪式"的文艺演出工作。

工作千头万绪，时间争分夺秒。

就是在这种情况下，我还是抓住内地疫情防控难得的窗口期，组织了任内最后一次"鲁藏一家亲·共圆健康梦·齐鲁医疗高原行"活动，将6名日喀则市先天性心脏病患儿和1名肢体残疾患儿送往济南接受手术。

与往批救治亲自护送不同的是，这次我只送到了日喀则和平机场。

一名随行记者问我："为什么到了行将返程的最后关头，还要开展这项活动？"

此时此刻，我的心绪非常复杂。

沉思片刻，我说："总想着在自己的任期内，尽可能多地为藏族同胞做点事情。马上就要离开日喀则了，组织这次活动，就当是临别之际献给日喀则的最后一份礼物吧！"

回顾3年来经过的风风雨雨，可谓有爱，有付出，有收获，有感动，有自豪，也有着很多的遗憾、无奈与不甘。

对于我们而言，救治的人多多益善，不计成本。但事实上，真正接受救治的数量与我们实际筛查出来应该接受救治的数量相去甚远，基本能占应救治数量的三分之二，还有三分之一的人没有接受救治，主要是因为各种原因，他们拒绝接受救治。

有两件事令我感触颇深，至今无法释怀。

2021年，开展"西藏光明行"的时候，白朗县有一对兄弟均需做斜视矫正手术，人已经被接到日喀则市妇幼保健院办理了住院手续。

可到了手术关头，孩子的家长却临时变卦，只同意给弟弟做手术，原因是孩子的父亲喜欢老大，怕手术给老大带来闪失。

当时我动员了医院的藏族同事，包括孩子在日喀则市工作的舅舅来做家长的工作，怎奈任凭你磨破了嘴皮，家长死活就是不同意。

最后我提出一个折中方案，先给弟弟做手术，做完之后，请家长看看实际效果，再来决定是否给老大做手术。

弟弟手术很成功，看上去也更好看，即使这样，家长还是不同意，万般无奈，我只能放弃。

2022年，最后一次先天性心脏病患儿救治活动，其中来自昂仁县的一个小孩是那批患儿里病情最重、最急需手术的。

起初家长还很着急，向我要求两口子都陪着孩子到山东，我也同意了。

孰料，只是一夜的工夫，家长的态度就来了个一百八十度大转弯，坚决不同意去山东手术。

我就让藏族工作人员询问情况，家长的回答令人啼笑皆非，说是孩子夜里做了一个不好的梦，觉得这是不祥之兆，所以不同意去。

我当时十分焦急，找昂仁县卫健局和他们所在乡镇的工作人员给父母做工作，但都无功而返。

后来再联系，孩子家长直接回复"我孩子没病"，然后就挂断了电话。

再打，连电话都不接了。

没办法，只能放弃。

事实上，以上并非个例，每年每次救治活动中都有这样的事情发生。

分析其中的原因，我觉得，主要还是部分藏族同胞文化水平不高、健康意识较差，对现代医学技术缺乏了解，迷信思想也比较严重。

我总结出一个规律，城区的藏族同胞健康意识、救治愿望明显高于农区的藏族同胞，农区又明显高于牧区，呈递减关系，越偏远的地方，群众健康意识越薄弱，救治愿望也越低。

其中一次，一位先天性心脏病患儿的家长还曾委托工作人员向我核实过一个问题："交通费究竟由谁负责？"

我在给出由山东援藏工作组负责的答复后，反问那位工作人员，家长为何要问这个问题。

那位工作人员尴尬地笑了，说："家长的意思是如果由个人承担，他们就不去了！"

这也是和内地的一个极大区别，这里面既有经济方面的原因，但更多的还是思想意识方面的差距。

从这点来看，援藏尤其医疗援藏任重道远，还有很长的路要走！

他们充分发挥自己的聪明才智和山东人吃苦耐劳的特有品质,在雪域高原,在不同地方,挽救着一个又一个宝贵生命,创造着一个又一个历史记录,填补着一个又一个历史空白。

09

同心同向

总有一些身影令人难忘，总有一种情怀令人感动。

从 2019 年 7 月到 2022 年 7 月，除了我们山东省"组团式"援藏医疗队，还有两个群体在山东对口支援 5 县区执行医疗援藏任务。

一个群体与我同属山东省第九批援藏干部人才序列，全部任受援县人民医院副院长，任期 1 年半至 3 年不等；一个群体系由国家卫生健康委员会从承担对口支援任务的山东 5 市三甲医院选派，每年选派一批，每批队员 5—6 人，任期半年至一年不等。

前者与我职责相似，既要负责对所在受援医疗机构进行帮扶，也要统筹辖区内医疗援藏事项；后者则重点对受援县人民医院进行结对帮扶，助力受援单位创建二级乙等医疗机构。

虽然选派渠道不同、援助对象不同、援藏时长不同，但他们都来自山东省卫生健康系统，肩负着共同的使命。

以往，由于省级层面没有选派医疗援藏干部，难以对 5 市医疗援藏干部人才进行统筹，5 位市级层面派出的医疗援藏干部和"组团式"援藏医疗队互不联系，各自为战。

一家人、一家亲，在遥远的雪域高原，再也没有比全部来自山东省卫生健康系统的他们更亲更近的了。

我决定将这两个群体统筹起来，既独立自主做好各自工作，又相互配合做一些有价值、有意义的事情，真正做到心往一处想，劲往一处使，最大限度提升山东医疗援藏工作的成色和水平。

我首先打出的是"亲情牌"。与5位市级医疗援藏干部保持密切联系，5市派出的每批"组团式"援藏医疗队抵达日喀则，我都会前往探望，嘱咐注意事项，提出希望要求。

我给这些队员们说得最多的一句话就是"百年修得同船渡，千年修得共枕眠，万年修得上高原"，一再强调缘分的特殊性和珍贵性，让大家意识到都是一家人，到了高原亲上加亲。

每批队员进藏后，我都会组建一个由5市医疗援藏干部和"组团式"援藏医疗队员参加的微信群。

微信群的组建，不仅将分布5县区、相隔遥远的医疗援藏干部人才拢到了一起，为大家提供了相互认识、交流的平台，更重要的是通过在群内发布各市医疗援藏动态，更好地激发了大家干事创业的积极性，营造了比学赶超的浓厚氛围。

对于各市"组团式"援藏医疗队生活中遇到的困难，我都会以日喀则市卫生健康委员会副主任的身份协调受援县卫生健康部门千方百计帮助解决；有需要到日喀则市进行休整的，我则会协调山东第九批援藏干部中心管理组为他们提供食宿方面的支持，让他们切实感受到家一般的温暖。

另一方面，我要求日喀则市卫生健康委员会对口支援办的同志建立"结对帮扶"台账，定期统计、通报各"组团式"援藏医疗队工作进展情况，形成另一种更具实质性的鞭策激励机制。

思路一旦对了头，干事创业有奔头，各市医疗援藏干部人才的积极性被极大地调动起来。

他们立足各自受援单位实际，八仙过海，各显神通，有十分力气绝不吝啬分毫。

他们充分发挥自己的聪明才智和山东人吃苦耐劳的特有品质，在雪域高原的不同地方，挽救着一个又一个宝贵生命，创造着一个又一个历史纪录，填补着一个又一个历史空白。

2019年11月2日下午，白朗县的普次与妻子带着4岁的儿子平罗在自家青稞地里干活。

两口子光顾着整理新收的青稞，却忽视了一旁玩耍的儿子。忽然，他们听到儿子撕心裂肺的哭声，两人抬头看去，只见小平罗正站在拖拉机旁边抓着左手手腕，看着自己的小手哇哇大哭。

普次赶紧跑到儿子身边，发现他左手鲜血直流，地上还有两截断掉的手指。

原来小平罗在玩耍时不小心把左手伸进了拖拉机高速运转的皮带，两截手指被绞断了。

普次两口子急忙用毛巾包住儿子的手，捡起地上的两截手指头，开着拖拉机飞也似的赶到了白朗县人民医院。

正在门诊值班的济南市"组团式"援藏医疗队队员、白朗县卫生服务中心护士长李娟与外科医师次旦加参紧急接诊。

经初步检查，发现小平罗左手伤情非常严重，左手中指与无名指末节完全离断，且残端沾染了不少泥土和青稞草屑。

按照以往治疗方案，一般是进行残端直接缝合。有着16年手术室工作经验、配合过很多断指再植手术的李娟认为，小平罗只有4岁，如果直接缝合，断指不一定能够存活，即使能存活，他的手指长度会短缩很多，手会留下终身残疾，建议次旦加参为小平罗实施断指修复手术。

这对次旦加参来说是一个很大的挑战。白朗县人民医院以前从没做过这样的手术，次旦加参只是听过济南市援藏医疗队员、济南市中心医院外科副主任医师李磊讲过这方面的课，没有手术经验，偏巧李磊医生此时已经因病回内地休养。

次旦加参赶紧通过视频连线李磊医生，简要说明孩子的病情。李磊听完情况介绍，考虑到对小儿的手指末端断指再植是极为高难度的手术，白朗县人民医院条件有限，没有显微外科设备，无法实施。如果直接将残端原位缝合，虽然能保留原来长度，但成活率又极低。李磊凭着丰富的临床经验为小平罗制订了"手指皮肤脱套伤反取皮瓣原位回植"的手术方案，既尽可能保留患儿手指长度和外形，又能保证成活率。李磊还通过视频连线对手术要点进行了详细的指导。

在李磊的精心指导和李娟的密切配合下，次旦加参和次仁尼玛两位年轻医生开始为小平罗实施手术。

毕竟没有实践经验，两位年轻医生惴惴不安，担心如果处理不好，孩子的手指可能保不住。

好在李娟有着非常丰富的手外科手术经验，她一边娴熟地配合，一边给两位年轻医生鼓劲，李磊制订的手术方案得以执行，最终顺利完成了手术。

手术成功只是治疗的第一步，断指能否成活，手术后的护理尤为重要。李娟为小平罗制订了详细的术后护理方案，并安排责任护士加强巡视，密切观察手指血运。在医护人员精心治疗下，小平罗术后恢复非常顺利，左手中指、无名指断端终于恢复血运，断指修复手术获得成功。

这是白朗县第一例断指修复手术，不仅填补了医院技术空白，也为以后开展此项手术奠定了坚实基础。

2020年5月13日夜11时34分，正在聂拉木县人民医院值班的烟台市第四批"组团式"援藏医疗队员、妇科医生徐安利突然听到急促的敲门:"快,急会诊!"

徐安利闻声而动,迅速跑向急诊室。原来,他的队友、超声科医生张庆东刚刚接到医院同事米玛从聂拉木县琐作乡发来的紧急视频,一藏族妇女停经 50 天,突发腹痛,超声提示盆腹腔积血。

两人通过视频会诊后判断,该妇女为宫外孕破裂出血,随时都有生命危险,必须紧急手术。张庆东紧急向烟台市第四批"组团式"援藏医疗队领队、聂拉木县人民医院副院长张振宇和医院院长旺扎做了汇报。

依照惯例,此类患者只能转送到日喀则市唯一有血源保障的市人民医院。可从琐作乡到日喀则市人民医院山高路远,至少需要 5 个小时车程,而病人持续内出血,已经不允许再长途转院。

时间就是生命!医院领导和援藏医疗队员经过综合分析研判,决定将患者就近转至聂拉木县人民医院急诊手术。

一声声急促电话铃声响起,县医院妇科、麻醉科、药房、护理部等相关人员 5 分钟内全部到岗进行术前准备。

与此同时,徐安利通过电话指导陪同患者转诊的米玛在转运途中建立静脉通路给患者补液,同时指导院内医护人员准备手术相关药品用物,张庆东则对便携式超声机进行了调试。

5 月 14 日凌晨 1 时 50 分,转运患者的救护车驶进聂拉木县人民医院,随即将患者送入烟台援藏援赠的烟台医疗人才组团援藏移动医院内。

张庆东携带便携式超声机急至患者床边对患者进行了超声检查,再次明确诊断:腹盆腔大量积血,支持左侧宫外孕破裂出血诊断。

徐安利立即下达手术医嘱,急诊手术。由于此时正值医院医生下乡为牧民进行健康查体,该院妇产科仅有的 4 名医生中只有 1 名医生在岗,且此时正在接生。

徐安利只好请队友、外科大夫李雪峰紧急前来给自己当助手。

经过 1 小时紧张手术,患者出血被成功止住,患者的生命保住了。

术中探查发现，患者腹腔内出血800毫升，已是命悬一线。

该项手术填补了聂拉木县人民医院的历史空白。

2020年7月27日下午2点，济南市援藏医疗队员、白朗县人民医院妇产科主任朱彩芳正在宿舍休息，手机突然响起："朱老师，快到医院来，有个产妇情况复杂，十分危急！"

挂掉电话，朱彩芳立即赶往医院，平常10分钟的路程她只用了5分钟就赶到了。

来到产房后，朱彩芳马上为产妇进行产科检查，迅速做出综合判断：低龄产妇，臀位产，脐带绕颈，32周早产儿。早产儿各个系统发育不完善，极易发生新生儿肺透明膜病，并且无时间给予促胎肺成熟，亦无时间转院；最为危险的是胎儿为臀位，并且脐带绕颈2周，彩超显示羊水过少、胎盘内有血池，不能排除胎盘早剥情况，还听不到胎心。种种迹象表明情况非常危急，需要立即结束分娩，力保胎儿安全。

朱彩芳有条不紊地给医护人员下达各种指令，消毒、开通静脉通道、打开胎儿吸引器、人工破膜……

15时59分，朱彩芳亲自操作，以臀牵引术助娩出一名男婴，产妇状态良好。婴儿娩出后，朱彩芳发现他肌张力低下，心音低弱，有窒息情况，如果不紧急处理，随时有死亡危险！见此情景，朱彩芳立即为婴儿实施新生儿心肺复苏急救。因产科未配备气管插管设施，朱彩芳顾不了太多，直接采取口对口人工呼吸。

一次、二次、三次、四次……在护士的帮助下，经过两轮人工心肺复苏，一声清脆的啼哭传遍产房，孩子保住了！经过保暖等一系列措施处理，5分钟后，孩子的肌张力和皮肤颜色均恢复正常，评分10分。

2020年7月22日晚9点，已经下班休息的淄博市"组团式"援藏医疗队队员张飞跃接到昂仁县人民医院妇产科值班大夫电话，得知急诊收了一个先兆早产患者，宫缩压制不住，值班大夫难以处理。

挂掉电话，张飞跃不顾高原反应，从宿舍一路小跑到病房。经快速查体及询问病史后，张飞跃凭借多年临床经验判断，该患者不是简单的先兆早产，而是胎盘早剥。

胎盘早剥是产科危急症之一，可迅速发展成胎死宫内、大出血，危及母儿生命安全。

患者情况危急，一刻也不能等，张飞跃马上下达指令："立刻准备急症剖宫产。"同时打电话向队友请求支援，接到电话的援藏医疗队员王青廷、祝林、景雪冰等人迅速从宿舍赶到医院，加入抢救队伍。

能否以最快的速度给病人做术前准备、备齐器械、实施麻醉、做好新生儿抢救准备是此次生死营救的关键。由于当日上午张飞跃刚刚带领妇产科团队开展了昂仁县人民医院有史以来首例剖宫产手术，对各项剖宫产手术流程进行了培训和优化，因此各项准备工作得以顺利进行。

在援藏医疗队指导下，昂仁县人民医院妇产科团队迅速做好了各项术前检查、器械物品及新生儿复苏等准备工作。

经过50分钟的紧张手术，最终母子平安。

昂仁县人民医院妇产科大夫次仁德吉说："如果再迟疑几分钟或者手术速度再慢几分钟，这个孩子的生命便无法挽回，产妇也将面临产后出血，甚至子宫切除的风险，我为援藏医疗专家的当机立断点赞！"

2020年4月23日，青岛市"组团式"援藏医疗队队员刘海霞在桑珠孜区人民医院成功完成该院妇科第一例腹腔镜手术，填补历史空白。

以往，桑珠孜区人民医院妇科仅能收治药流流产患者和开腹输卵管结扎术患者，虽然配备有腹腔镜，但没有人会操作。

刘海霞来到医院后，决心开展微创手术，稍有空闲便给科室医护人员培训腹腔镜相关知识。

4月20日，桑珠孜区一位31岁、已经生育4个孩子的藏族妇女辗转来到桑珠孜区人民医院妇科寻求帮助，刘海霞接诊后，克服助手尚未熟悉腹腔镜、腹腔镜器械不足、医院没有输血科等重重困难和挑战，成功为患者实施了腹腔镜下双侧输卵管结扎术，从此打开了妇科腹腔镜手术新局面。

2020年7月2日，青岛市"组团式"援藏医疗队队员刘杰在桑珠孜区人民医院成功为藏族患者顿珠实施开放式无张力疝修补术，填补医院技术空白。

时年52岁的顿珠幼年时便患有腹股沟疝，因当时医疗条件有限，24年前才做了手术，半年后便复发了。

20多年来，疝气反复脱出，疝囊越来越大，给常年在外打工的他带来了无尽的烦恼，成了他的一块心病。

当他听说桑珠孜区人民医院的山东援藏专家正在进行腹股沟疝普查后，他找到了刘杰。

刘杰为他认真查体，详细分析了病情，非常肯定地告诉他可以通过手术治好。这给了顿珠极大的信心，他下定决心请援藏专家为他解除20多年的顽疾。

6月29日，顿珠住院后，刘杰为他制订了详细的手术方案。由于距前次手术已经过去24年，如此巨大的复发疝手术难度很大。

经过认真分析，刘杰为顿珠实施了开放式无张力疝修补术，并使用了由派出单位捐赠的补片，极大减轻了患者的经济负担。

手术后11天，顿珠康复出院，困扰了他20多年的顽疾一朝治愈。

2020年5月9日，时年42岁的藏族妇女德吉到昂仁县人民医院就诊，由当地医生在门诊为其实施了一次人流手术，结果手术失败，德吉出现心率、呼吸异常且无法继续手术而被收治入院，后当地医生给予实施药物流产再度失败，直至5月11日，德吉仍未排出妊娠组织。

淄博"组团式"援藏医疗队员、妇产科主任张飞跃查房时发现德吉的情况特殊，感觉德吉极可能存在没被发现的其他问题。

张飞跃亲自给德吉进行了查体，发现德吉子宫极度前屈，宫体与宫颈似乎对折，宫体大小大于彩超及停经天数，符合妊娠2个多月的情况，且质地极硬。

查体结束，张飞跃又将德吉带至彩超室，请队友、B超室主任原新朋给予详细复查，复查结果显示子宫极度前屈，属重度蜗形子宫，妊娠囊较大，位于宫底。

综合人流和药流两次失败以及查体和彩超复查情况，张飞跃认为德吉妊娠囊种植异常，普通负压吸力无法将妊娠囊吸刮出来，遂与值班医师商量，建议德吉在原新朋彩超引导下再行一次无痛人工流产术，但遭到观念落后、心存疑虑的患者德吉和家人的拒绝，他们坚持再尝试一次药物流产。

5月13日，德吉再度用药后依旧毫无反应，张飞跃请当地医生陪同与德吉进行了反复深入沟通，告知德吉一家，淄博援藏医疗队有经验非常丰富的彩超医生和麻醉医师，大可不必担心。

张飞跃的真诚最终打动了德吉一家，同意进行彩超引导下无痛人工流产手术。

为保证手术顺利进行，张飞跃和淄博市"组团式"援藏医疗队领队、麻醉科主任王青廷对患者德吉进行了各项术前检查及麻醉评估，考虑患者德吉已住院5天，不能再继续延误了，决定当日下午实施无痛人流术。

手术于当日下午3时40分开始，张飞跃、王青廷、原新朋、景雪冰等来自妇产、麻醉、B超、护理学科的4名淄博第二批"组团式"援藏医疗队员齐聚手术台前。

景雪冰一边安慰极度紧张的患者德吉，一边开放静脉通路，辅助王青廷实施静脉麻醉。

麻醉成功后，在原新朋给予腹部彩超辅助下，张飞跃开始手术。经过将近1个小时的紧张手术，克服了重重困难，患者德吉的孕囊终于出来了，昂仁县人民医院历史上第一例彩超引导下无痛人流手术终获成功。

术后的德吉亲身感受到了先进医疗手段带来的好处，每逢张飞跃前往查房总是冲着她点头微笑，并通过藏族医师告诉张飞跃："这次手术没有什么痛苦，特别感激医疗队！"

这是昂仁县人民医院建院59年来首例彩超引导下复杂性无痛人流术，也是淄博市第二批"组团式"援藏医疗队进驻昂仁县人民医院后首次多学科联合开展手术。

王青廷说："这次手术操作难度之大，在我职业生涯里未曾有过，患者子宫位置十分罕见。手术过程中，张飞跃大夫累得汗都下来了！但最终经过我们援藏医疗队员通力合作拿下了手术，这充分体现了多学科组团式援藏的优势！术后，张飞跃给当地妇产科医师讲述了彩超引导下手术的优越性和注意事项，相信在她的指导下，妇产科业务水平会不断提升，真正留下一支带不走的医疗队。"

2020年7月22日上午11时30分，15岁的藏族女孩其美卓嘎在阿妈和姐姐陪伴下，拄着拐慢慢走出日喀则火车站。

这天，日喀则的天空湛蓝湛蓝的。

我和王天民在出站口迎接。

看到我们，其美卓嘎的脸上露出了开心的笑容。

3个多月前，这位身患骨髓炎的藏族小姑娘还面临着截肢甚至生命危险。

那时，已经倾尽所能的家人和饱受病痛折磨的其美卓嘎，内心都已绝望。

是一场跨越鲁藏两地4000公里的爱心接力，改变了她和家庭的命运。

时年15岁的其美卓嘎来自日喀则市南木林县拉布普乡采穷村。2020年4月初，因为骨髓炎术后感染，其美卓嘎在家人的陪伴下来到南木林县人民医院就诊。

说起初见其美卓嘎时的情形，王天民跟我说："当时孩子是被扶着进来的，已经不能行走。人很消瘦，腿上流着脓，表情很痛苦。孩子先后在日喀则、拉萨、北京做了3次手术，东拼西借，花了30多万元，病情复发，家人都已经绝望了。本来是想来医院消消炎，然后就认命回去的。"

看到这种情况，王天民心有不甘，他和自己的派出单位——潍坊市人民医院取得了联系，并在4月17日为其美卓嘎组织了一次远程会诊。

诊断很明确，是骨髓炎术后感染，治疗方案也比较明确——首先是消炎，然后把体内的固定物取出来。

但难题来了，这样的手术，南木林县做不了。

于是，王天民向其美卓嘎的家人提议，到山东去做手术。

她的家人听了之后，说去是很好，医保部门也同意，但他们已经没钱了。

因为反复做了3次手术，家里的钱早已花光了。

得知情况后，王天民向潍坊市援藏干部人才领队、南木林县委常务副书记张志强做了汇报。

后来见到张志强，张志强是这么跟我说的——

"一个15岁的孩子，人生的花季才刚刚开始，咱不能让她因此失去希望。当时老王测算了一下，预计大约需要5万元。我就联系了大象光伏科技有限公司，跟他们说起其美卓嘎的情况。对方一听，说，行啊，没问题！"

王天民赶紧把这个好消息告诉了其美卓嘎一家。

"听到这个消息，他们高兴得都要跳起来，既惊喜又激动。其美卓嘎当时还跟我说，要好好上学，以后当名医生。"王天民说。

4月27日，潍坊援藏干部工作组为其美卓嘎和其家人买了机票，并带着她们飞赴山东青岛。

为了尽量避免中转过程的痛苦，潍坊市人民医院还派出救护车专程去机场接其美卓嘎。

4月30日，潍坊市人民医院为其美卓嘎进行了第一次手术，去除感染源；

5月20日，进行第二次手术，清创；

6月12日，医院对其美卓嘎进行截骨骨搬运术；

7月19日，其美卓嘎康复出院；

…………

手术很成功，但其美卓嘎不知道的是，这场鲁藏跨越两地4000公里的爱心接力，充满了曲折。

"到了潍坊市人民医院，打开患处才发现，其美卓嘎的病情其实并不是那么简单，里面全是脓。老王（王天民）当时跟我说，5万元可能办不了，得20多万元。"

张志强对当时的情形记忆犹新。

"怎么办？我一听也发愁了！"

他们找到潍坊市红十字会求援。

"他们一听这个情况，立即决定向其美卓嘎提供10万元的应急救助基金。剩下的缺口，潍坊市人民医院表示由他们托底。"

各方的爱心力量汇聚到一起，终于让其美卓嘎的命运发生了改变。

"不算来回的路费、住宿，这一次治疗前前后后总共花了20多万元。我们觉得值，能够救一个人，花100万元也值！"王天民说。

这只是各市医疗援藏干部人才援藏期间的几个片段，类似这样救死扶伤的感人事例还有很多很多，每个市、每一批"组团式"援藏医疗队都有挽救藏族同胞于危难之际的真实案例，多得就像天上的星星，数也数不完。

他们一批接着一批干,运用仁心妙手救死扶伤,创造一项项历史纪录的同时,也始终没有忘记"传帮带"的根本任务。

经过3年的接续努力,5家受援县级医疗机构全部达到"二乙"以上,完成了国家卫健委交给的"硬性任务"。

其间,他们先后争取资金1.2亿元,帮助5县区累计新建、改扩建医疗机构18个;帮助5家县级受援医疗机构与山东有关医疗机构建成远程会诊、心电、影像中心8个,建成远程肝病门诊1个,建成远程实时诊疗平台1个;累计帮助5家医院规范各项规章制度500余项,制订学科发展相关规划180余项,改进医疗流程380余个,引入新技术新项目200余个,创建新学科12个,带教学员200余人。

不仅如此,各市医疗援藏干部和"组团式"援藏医疗队在"鲁藏一家亲·共圆健康梦·齐鲁医疗高原行"活动中也发挥了不可替代的作用。

每年日喀则市先天性心脏病患儿初筛,他们是主力军。

每次筛查都是大面积的,为了不漏一人,他们需要翻越多少道山梁、走多少里山路啊?

"送医到边疆,健康到基层"大型巡诊活动也是"鲁藏一家亲·共圆健康梦·齐鲁医疗高原行"活动的一个重要组成部分。

在这项活动中,他们更是身先士卒,早出晚归,上山下乡,3年时间内,他们免费为藏族同胞查体6万余人次,筛查各类疾病患者5000余人次。

济南市医疗援藏人才于德宝不仅在白朗县人民医院创建了日喀则市首家皮肤科,还主动担负起对口支援5县区麻风病患者的筛查诊疗任务,会同济南市历批"组团式"援藏医疗队开展包虫病免费复查及防治情况调研,中央电视台《焦点访谈》栏目专门对此进行报道。

青岛市医疗援藏干部徐涛、延荣强先后会同"组团式"援藏医疗队领队王术国、刘璞等人开设了"空中课堂""远程手术教学";发起成立了"山海情·红马甲"医疗志愿者服务队,利用双休时间深入乡村开展各类义诊活动,走遍了角角落落,先后筛查各类疾病患者462例。

烟台市医疗援藏干部李玉辉会同"组团式"援藏医疗队全面参与聂拉木县16 000多名农牧民、当地驻军、僧侣的年度健康查体工作。他们乘坐大型巡诊车翻山越岭,走遍了聂拉木县的角角落落,将先进的医疗技术送到农牧民家门口。

淄博市医疗援藏干部郭方吉会同"组团式"援藏医疗队持续开展"送医送药送健康"活动。

潍坊市医疗援藏人才王天民、李志强等人会同"组团式"援藏医疗队助力南木林县人民医院建立了远程心电中心。

最令我感动的是,烟台市、淄博市援藏医疗队的同志们在上山下乡过程中,由于很多牧区地处偏远,当天无法往返,他们就吃住在当地乡镇卫生院简陋的宿舍或者牧民的帐篷内,饿了就吃泡面充饥。

牧区平均海拔都在4500米以上,朔风凛冽,高原反应更为剧烈,但他们为了藏族同胞的健康,都凭借顽强的毅力克服困难,没有任何一个人有任何一句怨言。

没有各市医疗援藏人才和"组团式"援藏医疗队的大力支持和配合,"鲁藏一家亲·共圆健康梦·齐鲁医疗高原行"活动就无法取得如此丰硕的成果;整个山东医疗援藏也不会取得这么好的成绩。

"援藏精神是中国共产党的一个崇高精神,是中国特色社会主义的一个显著优势。缺氧不缺精神,这个精神就是革命理想高于天。你们在高原上,精神是高于高原的。这个事情必须一茬接一茬、一代接一代干下去。一方面支援了西藏,集中力量办大事;一方面锻炼了干部、成长了队伍。援藏应该是你们一生中最宝贵的经历之一。"

——习近平

10

一家人的"援藏情"

这是属于我们山东医疗援藏人的"高光时刻"!

2021年7月31日,山东省委副书记、省长李干杰率党政考察团来到日喀则市妇幼保健院,看望山东医疗援藏干部人才,视察山东医疗援藏工作。

我向李干杰省长简要汇报了日喀则市妇幼保健院门诊综合楼暨院区改造项目、县乡村医疗服务体系标准化建设情况和"齐鲁医疗高原行"活动开展情况,引领各位领导参观了新投用的远程会诊中心,李干杰省长现场通过视频与山东省立三院专家和主要负责同志进行对话。

李干杰省长对山东医疗援藏工作取得的成绩给予充分肯定,并与医疗援藏干部人才合影留念。

2021年8月21日,正值西藏和平解放70周年之际,全国人大常委会副委员长、中央代表团副团长白玛赤林率领日喀则分团来到日喀则市委,看望日喀则市班子成员和各族各界代表并合影留念,我和王军作为山东医疗援藏代表参加活动。

2022年7月,我被西藏自治区党委、政府授予"第九批援藏先进个人"荣誉称号,是33名省直援藏干部人才中唯一获此殊荣的。

张雪、尤玉慧、王刚3名医疗援藏人才被西藏自治区党委组织部授予"第九批援藏优秀个人"荣誉称号。

军功章里有家人的一半。

一人援藏,全家援藏。

我们从来不是一个人在奋斗,为援藏事业默默奉献和付出的还有我们的家人。

我们在万里之遥的雪域高原奋战,我们的家人则在后方撑起了一片天。

对于留守后方的男性而言,或许这点挑战算不得什么,但对于留守后方的女人而言,却是难上加难。

够不着摸不到,干着急没办法,是我们每个援藏干部人才必须承受的煎熬!远水解不了近渴,是每个援藏家属必须面对的现实,一切只能自己扛。丈夫不在身边,她们少了共担风雨的坚实臂膀,需要独自撑起"一片天";丈夫不在身边,她们少了坚强有力的精神支柱,需要独自面对"各种难";最为重要的是,她们牵挂丈夫不想让他们分心,所有苦和泪要自己吞咽。

独撑家庭的艰难练就了她们风雨一肩挑的本领和内心的"无比强大"!

家国一身事,喜忧两相同。

吃苦不言苦,有痛不说痛。

人前的汗,人后的泪,都藏在微笑中。

有女家属戏称:"以前我们是水做的,现在我们是水泥做的!"

当时接受援藏任务后,我和石万杰最纠结的事情就是幼小的女儿谁来带?

双方父母都有实际困难，指望不上。

思来想去，我们两口子做了一个艰难的决定，石万杰辞职，回家专心照顾孩子。

就这样，石万杰在家一守就是3年。

直到我援藏回来，她才又找了一份工作。

每个援藏干部人才的家庭都面临着"秩序重构"问题，那些最亲的人都因此改变了原有的生活轨迹。

报喜不报忧，似乎是援藏干部人才和家人达成的"默契"，人人如此，家家如此，没有例外。

无论是进藏之初面临剧烈高原反应的折磨、长期失眠的痛苦，还是身体出了问题，与家人联系时，我们都会假装坚强，对身上的痛只字不提，尤其是对援藏干部人才不幸牺牲或因公殉职的消息，我们更是守口如瓶，捂得严严实实，怕家里人担心哪！

2019年10月，来自德州的央企援藏干部侯建国借回山东探亲之际，因与我是同乡，彼此熟络，便到我家里探望。

没想到闲聊过程中，他无意中把赵坚因公殉职和程东牺牲的事情说了出来。

他前脚离开家门，石万杰后脚就和我视频通话。只见她眼泪汪汪，声音颤抖着问："有人牺牲，你为什么从来没跟我们说？西藏怎么这么危险啊？从今天开始，你每天晚上必须跟家里通次话，你一天不答到，我们这心里就打鼓！"

唉！守了将近3个月的秘密还是被石万杰知道了。

面对石万杰下的"死命令"，我当然要答应。

只是，我对她也提出了一个要求，千万不能让父母知道。

她一个人担惊受怕我已很歉疚，不能再让父母睡不了安稳觉。

尽管答应得好好的，我也几乎做到了每晚和家里视频通话，但有些事情该瞒还得瞒着，能瞒多久就瞒多久。

辞职带娃不是赋闲在家，石万杰独自一人在家带娃的辛苦可想而知。

2019年9月1日，是儿子到高中报到的日子。

那天早晨起来，我给石万杰打了电话，询问了一下情况。

她急火火地说："我们赶紧收拾收拾出门了，你就别操心了。"

说完，就挂断了电话。

晚上，她在"援藏一家亲"微信群里说起送儿子到学校报到的感受。

"今天一手拉着小的，一手跟儿子拎着装着被褥的行李，一步一步往前走，尤其爬楼的时候，看到其他学生的男家长，一个人扛着行李噌噌地上，深深体会到，男人不在身边还真是不行。"

好多家属都是一样的感慨！

看着石万杰发的这段文字，想象着她拉着女儿的手，跟儿子拎着行李艰难爬楼的情形，我的鼻子酸酸的。

2020年春天的一天，女儿感冒了。

其实早在两天前，我就得知了石万杰感冒的情况。

当时我的心就揪着，生怕她再传染给孩子。

要是这娘俩一起感冒，我在万里之遥，可咋整？

虽说头疼脑热没什么大不了，可今日不同往日，往日我在家里，彼此之间都有个照应，心理上也都踏实些，现在只能石万杰自己去面对和处理了。

病毒岂肯遂人愿，最终还是找上了女儿的麻烦。

我那段时间一直很忙，主题教育研讨、上山下乡调研、单位与己有关的大小公务、援藏干部中心管理组的文字材料，事情一件连着一件，每天追着我，终日不得闲。

那天，我凌晨4点起床，准备中心管理组的一份材料。

吃过早饭，到下属单位调研，一堆问题需要解决。

下午，又开始集中精力撰写中心管理组的材料，直忙得晕头转向、天昏地暗。

那种感觉，简直要虚脱过去。

好不容易忙完材料，我揉揉眼抬头一看钟表，已是晚上7点多，这才恍然想起，一天没给石万杰视频了！

拨通石万杰的视频，她正戴着口罩给女儿喂饭。

石万杰一感冒就戴上了口罩，怕传染女儿，一直还没好。

女儿看上去蔫蔫的，两眼无神，眼泪汪汪，全然没有了往日的活泼。

坏了，女儿感冒了！

我心里暗暗叫苦。

面对妈妈送到嘴边的饭勺，女儿一个劲儿地扭头摆手，嘴里嘟囔着"不要，不要"，跟往日张大嘴巴大口吃饭的情形截然不同。

我急急地问："孩子发烧吗？"

石万杰的语气还算沉着、镇定和轻松，说："烧倒是不烧！就是鼻子不通气，自己一个劲儿地说'不气，不气'呢！"

听说孩子不烧，再听爱人的语气，我那颗悬着的心稍稍放下了些，可还是隐隐地担着心：千万别夜里烧起来呀！

俗话说，病来如山倒！感冒过的人都知道那种难受的滋味，别说小孩儿，就是壮汉，一场感冒也能轻松把你撂倒，没个七八天根本好不了！

大人还好说一些，能扛得住，可女儿才是个一岁多的孩子呀！

虽说这不是女儿第一次感冒，可一想到女儿感冒发烧，我的心里还是发毛。

孩子是父母的心头肉，哪个孩子生病的时候，当父母的心里不焦虑、不揪心、不煎熬？！

现在，最煎熬的是我远离家乡，不在身边，那种看不见、摸不着的感觉更让人抓狂。

不管一个人的心胸多么宽广，落到自己孩子身上，心就小了。

设身处地站在石万杰的角度想，我若在身边，至少还有个帮手，心里还有个依靠，不会太过紧张，现在我不在身边，无依无靠，她的内心该是何等的忐忑、彷徨、孤独、无助？！

晚上9点多，惴惴不安的我再次拨通了石万杰的视频。

当时石万杰正手忙脚乱地伺候孩子，说孩子有点发烧，正给孩子做艾灸，让我放宽心，然后挂掉了视频。

她总是这样，平日里家里有什么大事小情，很少跟我提及，怕我分心。

直到两天后，女儿彻底康复，她才让我恢复和女儿视频通话。

2021年9月底，石万杰到医院做妇科手术。

我是事后才知道的。

我那阵子正忙着筹备日喀则市先天性心脏病儿童救治的事，她没有告诉我，而是喊来岳母，临时帮着照看一下女儿，又请了在医院工作的朋友前往照料。

手术告知单是由朋友代签的。

石万杰后来跟我说："让朋友代签的时候，内心其实很恓惶、很无助，当时就想，要是你在身边该有多好啊！这么想着，眼泪止不住地往下流，护士一个劲儿问我怎么了，我摇了摇头，啥也没说，就被护士推进了手术室。"

"屋漏偏逢连夜雨，船迟又遇打头风。"

这次手术，又牵出了其他病情。

原来，在做术前检查的时候，医生发现石万杰的肺部有毛玻璃结节，且形状不规则，不排除恶性肿瘤的可能。

这个发现，医生没有跟石万杰讲，而是告诉了一直陪着她的朋友。

朋友怕正做手术的石万杰受不了，便悄悄给我打电话。

直到此时，我才知道石万杰正在医院做妇科手术。

然而给我冲击最大的却是石万杰的新病情。

我当时整个人傻在了那里。

因为不知道最终真实的病情是啥,我想的都是最坏的结果。

她还这么年轻,孩子还这么小,自己还在援藏,她竟然会患上癌症?

我不敢往下想。

我在恐惧和不安中煎熬了 10 多天,直到 10 月 13 日带着 23 名日喀则市先天性心脏病患儿赶赴济南,才回到家中。

那 10 多天,对我而言是最最煎熬的一段时间。

有谁会想到,正为了藏族孩子跑前跑后、忙忙碌碌的我,心里还装着这么大的事呢?

又有谁会想到,当我为了拯救别人的孩子拼尽全力的时候,我自己家中还有一位患者等着自己去照顾、去做决定?

这期间,我和朋友一直瞒着石万杰,没有向她透露半点消息。

即使回到家里,我也没有向石万杰说起这件事情。

我悄悄从朋友那里要来石万杰的检查报告,打着到医院看望日喀则先天性心脏病患儿的旗号,先后去了几家大医院,请胸科专家帮着诊断。

几位专家陆续得出结论,说可以先观察观察再做决定,即使要做手术,再等个一年半载也行。

这时,我那颗一直悬着的心才稍稍放下来。

考虑到接下来还要带着藏族孩子们返回日喀则,再有两个多月就到了休假时间,我最终将这件事继续隐瞒了下来。

2021 年 12 月中旬,我回家休假,向石万杰讲明了实情。

石万杰坚决要求换一家医院复查一次。

复查结果出来后,有的专家说"可以观察观察再说",有的专家则建议"尽快手术"。

我们俩陷入了两难境地,商量来商量去,最终还是决定手术。

石万杰说："与其观察一段时间再做手术，还不如现在做了，否则天天提心吊胆，你在西藏也不踏实，就当去块心病吧！"

就这样，12月20日，石万杰在山东省立医院接受了胸外科手术，只在医院住了3天便回到了家中。

化验结果出来，显示是"原位腺癌"！

3个月之内接受两次手术，石万杰元气大伤，受了很多罪，特别是第二次手术，术后反应强烈，一天到晚不停地咳嗽，一咳嗽扯得她整个胸部都疼痛难忍。

纵使如此，春节休假期满，她还是让我按时返回了日喀则。

2022年7月，石万杰带着两个孩子到日喀则探亲。

一天，正在公寓楼下小院里带着女儿玩的她，被一位记者"逮"个正着。

当记者问她对我援藏的事情怎么看时，对于自己3年所受的煎熬、所有的辛苦，她只字未提。

她说："这3年，虽然他缺席了孩子的成长，可这3年他组织实施救助，救了100多个孩子、100多个家庭。我觉得，他们做的事情真的很伟大，我们作为家属感到很光荣！"

说着，她的眼圈红了，声音哽咽了，或许她也想起了自己那些不能向外人言说的辛酸吧。

2021年6月，王军的父亲给他打来电话，说他爷爷的状况越来越不好，每天昏睡的时间特别长，清醒的时候很少，进食越来越少，身体常常浮肿，只怕是大限将至。

听到这个消息，王军的心揪得紧紧的。从小在爷爷身边长大的他对爷爷有着非常深的感情，赴藏后最牵挂的就是他的爷爷，他总是暗自祈祷着爷爷能健健康康地挺过他援藏的3年，给他留出床前尽孝的时间。

没想到，就在自己进藏即将满两年的时候，爷爷的身体每况愈下，已是风烛残年。

王军很想立刻请假赶回老家去看看爷爷，可是他的父亲劝阻了他。

他父亲说："我知道你们援藏有铁的纪律，即使请假也请不了几天，何况现在还不好判断你爷爷这种状况会持续多久。你先安心工作，等有突发状况再说！"

多么深明大义的父亲啊！

王军也明白父亲说的有道理，可那颗心又怎能放得下呢？

那段时间，他受尽煎熬，每天早上醒来、晚上晚饭之后第一件事就是给父亲打电话询问爷爷的情况。

王军的心情每天随着父亲的讲述起起伏伏，整整一个月，没有睡过一个安稳觉。

7月，噩耗传来，王军的爷爷走了，临走也没能见上他最疼爱、最想见的孙儿一面。

得知噩耗的那一刻，王军在房间里冲着家的方向连着磕了3个响头，而后扑倒在床上，放声痛哭，直到有队员听到哭声过来再三解劝，他才止住悲声。

第二天，他急匆匆飞回山东奔丧。

老人入土为安的第二天，他便又匆匆返回了日喀则。

因为那段时间，日喀则市妇幼保健院门诊综合楼建设和"二甲"创建已经进入攻坚阶段。

这中间最难、最累、最煎熬的要数他的爱人刘维娟。

王军发自肺腑而又满怀愧疚地说："在藏期间，孩子生病、老人住院，只有妻子一个人忙前忙后，那真是求天天不应、叫地地不灵。"

李义春进藏时，女儿正上小学二年级，儿子只有5个月，尚未断奶。

他的爱人韩丹是心血管病区的护士长，急危重症患者多，夜班护士工作忙是常态。

韩丹常常是晚饭后一边抱着儿子哺乳，一边给女儿辅导作业。中间时不时接到科里年轻值班护士打来的求助电话，她不得不暂停对女儿的辅导，一边抱着儿子哺乳，一边指导护士工作。

虽说有婆婆在一旁照应着，可有些事情她难以替代，也帮不上忙。

韩丹说：“那时候感觉压力特别大，真有天塌下来的感觉！"

儿子刚满一岁，韩丹便强行给儿子断了奶，第一时间将儿子送回了章丘老家，由父母帮着带儿子，自己把女儿带在身边。

一岁的孩子正是哭闹不止的时候，别说是上了年纪的老人，就是年轻的父母也常常被折磨得疲惫不堪。

韩丹体谅父母的难处，为了能让两位老人休息两天，她每周五下班后都要独自驾车匆匆赶往老家将儿子接回济南，等到周日下午再将儿子送回章丘。

每周都要重复往返，每次韩丹赶回家中，天色都已经很晚了。

一个工作日的早上8时30分左右，韩丹正在组织护士们交接班，突然接到父亲打来的电话，说她母亲晕倒了。

当时只有两岁的儿子和母亲在家，而父亲那会儿刚刚到达打工地点，是母亲意识清醒后才给她父亲打的电话。

虽然并无大碍，可韩丹心里好长时间缓不过劲来，她说：“母亲那是让我的儿子累得呀！她若真有个三长两短，我这一辈子都寝食难安！"

还有一次，也是工作日，韩丹接到母亲打来的电话，说她儿子发烧呕吐。

韩丹立即请假赶回老家接儿子，还必须在女儿放学前赶回济南，那个紧张，那种节奏，简直跟打仗一样，左冲右突，焦头烂额。

她说：“最怕父母打电话，一打电话就头皮发麻，心提到嗓子眼儿，生怕有什么事。赶上真有事，感觉天空都是黑压压的，可是没有办法，过日子只能一天天地硬着头皮向前冲！"

尤玉慧 2021 年 3 月进藏后，他的爱人韩冬青独自挑起了既要照顾老人，又要照料孩子的双重重担。

两个孩子，一个 6 岁，刚上小学；一个 3 岁，刚上幼儿园；她的母亲年逾七旬，患有冠心病和高血压，每年冬天病情就会加重，也需要她悉心照顾。

作为医务工作者，她不得不放弃自己的课题研究和外出学习机会，还要面临因频繁调整班次和调换班给自己带来的人情负担。

一年半的时间里，除了寒暑假和双休日，无论严冬还是酷暑，无论刮风还是下雨，韩冬青每天都要往返穿梭于家、学校、幼儿园和单位之间，光是接送俩孩子每天就得跑八趟。

每天接回孩子，还得拖着疲惫的身体点火做饭、辅导孩子作业、整理家务，天天就像个陀螺一样不停地旋转。

每当身心俱疲快要撑不住的时候，每当老人孩子生病孤立无助的时候，她也有过抱怨，也曾独自跑到卧室里放声痛哭。

可是抱怨过、痛哭过之后，她还是得打起精神，擦干眼泪，咬着牙该干啥干啥。

尤玉慧结束援藏任务回到家时，他的两个儿子说的第一句话就是："爸爸，你可回来了！"

那一刻，尤玉慧和韩冬青泪流满面。

来自省立二院的王刚迄今对援藏期间的一件事难以忘怀。

他说："我二闺女重症肺炎，住院治疗 7 天高烧不退，药物治疗效果不理想，孩子瘦了好几斤，儿科医生考虑不排除合并颅内感染，建议做腰穿，当时我媳妇急得一筹莫展，天天以泪洗面，可我远水解不了近渴，干着急，没办法，最后还是媳妇一个人面对和承担！"

3 年里，我们的家人们付出了太多太多。

"一人援藏，全家援藏！"

这个"家"既有我们医疗援藏干部人才的"小家",也包括我们援派单位这个"大家"。

对医疗援藏,山东省卫生健康委员会等各援派单位高度重视,明确提出"要把日喀则的事当成自家的事"。

2021年5月至7月,面对日益严峻复杂的边境疫情防控形势,日喀则市委、市政府请求山东选派疫情防控专家到日喀则市进行现场指导。

时任山东省卫生健康委员会党组副书记、山东省疾控中心党委书记马立新毫不含糊,先后选派两批共7名专家奔赴日喀则并亲自到机场为专家们送行。

这只是其中一件。

对我们援藏医疗队提出的各种需求,后方"有求必应",百分之百支持。

不仅如此,他们也深深牵挂着全体医疗援藏干部人才的安危和冷暖,每年都委托厅级领导干部带队到日喀则进行慰问。

2022年5月8日上午,中信集团派出的第九批援藏干部、那曲市政府副秘书长、申扎县委常委、常务副县长王军强同志在前往申扎县巴扎乡调研途中因交通事故壮烈牺牲。

噩耗传开,马立新第一时间给我打来电话,再三叮嘱,一定要注意安全,一定要平安归来。

言辞切切,令我们全体医疗援藏干部人才倍感温暖。

"家"的支持是我们援藏干部人才脚踏天路、砥砺前行的底气和力量所在。

我们早已把自己全部的身心融入脚下这片神圣的土地,日喀则也早已融入我们的血液里、骨髓里、生命里。日喀则是我们一生的牵挂、终生眷恋的第二故乡。

11

再见，日喀则！

2021年7月23日，正在西藏视察的中共中央总书记、国家主席、中央军委主席习近平在拉萨会见全国援藏干部代表时，十分动情地说："援藏精神是中国共产党的一个崇高精神，是中国特色社会主义的一个显著优势。缺氧不缺精神，这个精神就是革命理想高于天。你们在高原上，精神是高于高原的。这个事情必须一茬接一茬、一代接一代干下去。"

对我们而言，援藏是我们人生中最为艰难也最为宝贵的一段时光。

脚下沾有多少泥土，心中沉淀多少真情。

3年的时间里，我们把满腔的真情奉献给了日喀则，把满腔的热血倾注给了日喀则，把奋斗的足迹刻印在了日喀则。

我们早已把自己全部的身心融入脚下这片神圣的土地，日喀则也早已融入我们的血液里、骨髓里、生命里。

日喀则是我们一生的牵挂、终生眷恋的第二故乡。

2022年7月23日上午，距离我们结束援藏任期返回山东仅剩两天时间，山东第九批援藏干部中心管理组在我们新援建的日喀则齐鲁高中体育馆举行山东援藏项目集中启用仪式暨汇报演出。

压轴曲目是山东全体援藏干部人才共同登台演唱《日喀则，我为你牵挂》这首歌。

这是一首由山东第六批援藏干部创作、一直被山东援藏作为队歌的歌曲，这是我们进藏之后就开始习练、早已熟稔于心的歌曲。

3年的援藏生涯里，我们曾无数次演唱过这首歌曲，还参加过市里举办的歌咏比赛。

以往，我们唱这首歌，是借以展示山东援藏人的激情与胸怀，激励自己扎根日喀则、奉献日喀则。

那时，我们更加注重发声技巧和歌唱水平，每个人唱起来意气风发、铿锵有力，直唱得自己热血沸腾、豪情万丈，唱得观众连连叫好、热烈鼓掌。

可是这次，在我们即将离开日喀则的时候，当我们再次唱起这首再也熟悉不过的歌的时候，气氛却变了。

起初，大家都唱得特别专注、投入，似乎使出了全身的力气，倾注了全部的情感，台下的观众也听得入了神。

然而，当唱到第二段的时候，"海拔三千八，这里是我的家；热情的日喀则，开满了格桑花……"有人声音开始哽咽起来。

先前，我作为这台汇报演出的策划，始终在提醒自己，一定要控制自己的情绪，如果自己率先失控，那么整个场面都可能陷入混乱。

可是队友的哽咽犹如一颗引信，瞬间触发了我压抑已久的情感。

我用眼角的余光看去，包括医疗队全体成员在内的所有队员都已是热泪盈眶，这时台下日喀则市的领导和同志们也纷纷抹起了眼泪，大家的情绪更加伤感，哽咽声愈发明显。

场面不能彻底失控，还得继续唱下去。

就这样，我和队友们在哽咽声中坚持把这首歌唱到了最后，"阳光灿烂,日喀则我的家;无论走到哪里,都不能把你放下;蓝天白云,日喀则我的家,无论海角天涯,把你牵挂,把你牵挂,把你牵挂"。

这是我们唱得音准最差却是效果最好的一次。

一曲终了,台下爆发出热烈的掌声,而我和队友们再也不用刻意压抑自己的情绪,任由惜别的泪水肆意流淌。

数不清的感动,道不尽的情谊,现场很多人都流下了感动、不舍的泪水。

西藏自治区人民政府副主席、日喀则市委书记张延清用纸巾一遍遍擦拭着自己的泪水,而后站起来,面向全体援藏干部人才深深鞠了一个躬,然后满怀深情发表了即席讲话。

他说:"我们永远铭记山东人民对日喀则人民做出的无私的奉献,我们永远感恩山东省委、省政府对日喀则所给予的援助,我们永远感激援藏干部的身后所付出的艰辛、努力和心血。"

其实,早在年初返回日喀则的时候,这种离愁别绪便已在我们心中潜滋暗长。

每每走在公寓所在的日喀则市委市政府大院,以及市区的大街小巷、年楚河畔、贡觉林卡,每每走在高原大地上,我们都会深情地、贪婪地凝望着眼前的山山水水、花草树木,总也看不够,似乎想要把一切的一切永远刻在眼里、记在心里,又仿佛是以这种静默无言的方式和眼前的景物一一作别。

我先后3次独自一人跑到位于年楚河边上的贡觉林卡,一次次用手抚摸那些沧桑的白柳躯干,一次次拿起手机拍照,尽管早前已经拍过无数次,可还是想拍,怎么也拍不够。

3年前,我们背负着组织的重托、家人的挂牵、对家人的思念,还有对雪域高原未知的迷茫和建功边疆的理想抱负,从遥远的山东来到了西藏。

当初面对剧烈的高原反应带来的头疼、失眠、胸闷等症状，我们曾经有过那么一点煎熬：这样的日子何时是个头？面对这片陌生的地域，也曾经有过那么一些迷惘：我们能否真正深入进去，做些有意义的事情？

然而，这些都只是瞬间的事情，时间冲淡了反应，信念坚定了脚步，熟悉取代了陌生，深入催生了思路。

从此，我们在这茫茫雪域高原站稳了脚跟，甩开膀子干了起来，越干越觉得有劲儿，越干越觉得援藏有价值，越干越觉得人生有意义，大有"西藏干3年，不枉此一生"的感觉，竟再也刹不住拼搏的脚步，每天、每月、每年，都有干不完的事儿、忙不完的活儿，干完这件还有下一件……

奔忙让时间变得飞快的同时，也让丝丝缕缕的真情在我们心中沉淀下来，犹如一粒粒从异乡飘来的种子，生根，发芽，最终长成了一棵根深蒂固、枝繁叶茂的大树，从此眼里心里、魂里梦里都是她。

那刺目的阳光、湛蓝的天空、洁白的云朵，那奔腾的雅鲁藏布江、年楚河，那巍峨的雪山、孤寂的群山，那热情开朗的当地同事、憨厚朴实的藏族同胞、活泼可爱的藏族儿童，那车水马龙的街道、古朴简陋的民居，那随风飘舞的风马旗、飘着清香的酥油茶，那漫山遍野的牛羊、成群结队的藏羚羊和藏野驴，那走过的每一步路、干过的每一件事……

一切的一切都投射到我们心里，留下永难磨灭的记忆，也让一度漂泊的心灵找到了皈依和栖息地。

人在，心就安稳踏实，仿佛守着自己的家乡；离开，就思念疯长，一如当初思念自己的家乡。

对于日喀则的这种感觉早在我们第一次离藏返乡休假的时候就有了。

你说奇怪不奇怪，人在西藏的时候想家，回到家后又想西藏，盼着早点回到西藏，回到公寓那个虽然简陋却承载真情的小窝，回到自己的工作岗位上，回到建功立业的疆场上。

时间愈久，这种感觉就越强烈，每回家休假一次，思念西藏的情绪就增加一层。

我知道，我们已经深深地爱上了西藏，西藏已经在不知不觉中住进了我们的心房，在潜移默化中融入了我们的血液。

这是精神的融入，也是灵魂的交融，今生今世再也难以分开。

所以，当年初结束休假返藏的时候，想到这是3年援藏期间最后一次返藏，我们再也没有了往日重返西藏的喜悦，突然就有了一丝淡淡的忧伤，还有莫名的惆怅与心慌。

我无数次问自己："真的快要离开西藏了吗？"

答案明摆在那里。

每问一次，我就愈发惆怅与心慌，似乎比当初掰着指头算着离家进藏日期时更甚。

每每想到将要离开深爱的西藏，离开这片倾注了真情、付出了热血的高天厚土，离开那些朝夕相伴的同事、情同手足的朋友、亲如一家的藏胞，我就会情不自禁地哼起《日喀则，我为你牵挂》这首歌，常常哼着哼着，眼泪便不争气地流了下来。

每有当地朋友问起"你们快走了吧？"，我总是会心头一酸，轻轻回复一句，便赶紧把话题岔过去，不敢再往深里说，生怕自己情难自已。

心中对西藏的依依不舍和对时间把握的无力感相伴相生。

此时此刻，再次集体演唱《日喀则，我为你牵挂》这首歌，意味着我们向日喀则集体作别。

这是多么悲壮的一次告别，我们的心中怎么能舍得？

当天晚上，日喀则市委、市政府举行欢迎欢送宴会，欢迎山东第十批援藏干部人才，欢送山东第九批援藏干部人才。

那天晚上，当《送战友》的歌声响起的时候，我们再次泪洒当场。

7月24日下午，我到日喀则市卫生健康委员会告别，除了休假和出差在外的同事，其他人都到齐了。

日喀则市卫生健康委员会党组书记邓科、主任普次相继致辞，话虽不多，情真意切。

望着满屋子的同事和那一双双炽热、不舍的目光，我努力控制着自己的情绪，先是面向同事深深鞠了一躬，接着想说几句临别感言。

可最终还是没能控制自己的情绪，嘴巴刚刚张开，泪就下来了。

调整了好长时间，我才勉勉强强把要说的话说完。

每个人都走过来向我献上洁白的哈达，无论男女，都跟我深情拥抱作别。

7月25日中午，我率援藏医疗队全体队员如约赶到日喀则市妇幼保健院，参加医院举行的欢送仪式。

只见医院干部职工早已等候在那里，人人手里拎着几包哈达，副院长晋美跟我说，凡是没有值门诊的都来了。

仪式开始后，先是院领导班子成员挨个向医疗援藏干部人才献哈达，接着职工们排成长队依次献哈达。

有的职工在等待过程中已是眼含泪花，目睹此情此景，我和医疗队员们的眼眶也都湿润了。

虽然我平时没少往妇幼保健院跑，但更多的是和院领导班子成员们打交道，和职工们交流的机会并不多，有些同志都不知道在哪个岗位、叫什么名字，可她们还是热情地向我献上哈达，一边说着："吴主任，谢谢您！为了我们医院，您辛苦了！扎西德勒！"

这句话触动了我的泪点。

3年来，为了妇幼保健院艰苦征战的历历往事涌上心头，曾经以为这一切只有自己知道，没想到她们都看在眼里，记在心里。

轮到给与她们朝夕相处的医疗队员献哈达时，这些藏族同志不再矜持，与医疗队员们紧紧拥抱在一起，用无声的泪水诉说着心中的不舍。

平日里，因为工作理念不同、工作习惯不同，彼此之间难免有磕磕绊绊，可此时此刻却只剩真情。

欢送仪式结束，我们刚刚返回驻地不久，又接到妇幼保健院打来的电话，原来是检验科的两位同志因当时正忙于工作，未能赶上献哈达，急得直跺脚，非要请援藏医疗队的同志们再回去一趟。

盛情难却，最后我只好安排李义春代表医疗队回医院接受这份敬意与祝福。

李义春回来时拎着满满两大包哈达。

他说："两位老师说了，无论如何要我替他俩把哈达献上……"

这些平时看似"也无风雨也无晴"的藏族同胞，内里藏着最纯粹的心灵、最可贵的真情。

那天晚上，深受触动的王刚谱写了一首歌曲，名为《格桑花之恋》。

他抱着自己的吉他跑到三楼活动室自弹自唱，而后将录制的视频发到群里。

只见他全情投入，满怀深情地唱着：

那一天，

我从故乡来，

那一天，

我从高原走。

格桑花开时，我们挥挥手，

闭上眼瞬间

泪流。

这次相遇

注定要发生，

也注定

要这样结束。

为了创造美好我们携起手，
之后发现已不能停手，
英姿绰约啊，
圣洁的格桑花，
让我看看你，啊雪域绽奇迹，
已是故乡啊，
情深溪卡孜，
让我学会哭，却学不会忘记。

那一天，
我从故乡来，
那一天，
我从高原走。
格桑花开时，我们挥挥手，
闭上眼瞬间
泪流。
这段经历
注定要发生，
也注定
要这样结束，
为了传承永久我们放开手，
之后发现已不能回头，
亭亭玉立啊，
顽强的格桑花，
让我再看你，啊雪域放神奇，
已是故乡啊，

情定溪卡孜，

我想学会逃避，却逃不掉痴迷。

那一天，为什么要来？

那一天，为什么要走……

一曲终了，王刚的眼里已是莹莹泪光。

虽然他进藏只有一年多的时间，也和我们有着同样的感受。

7月26日，是我们离藏返鲁的日子。

当日凌晨6点，日喀则的天还暗着，我正坐在房间里深情地环视着每个角落，再过半个小时，我们就将离开这里，离开这个生活长达3年之久的"家"，回到自己的故乡去。

这时，王保刚给我打电话："吴主任，德吉央拉一家来了！"

"啊？！"

我特别惊讶，万万没有想到德吉央拉一家会来。

事先我已经向他们一家道过别，而且他们不知道我的具体归期啊！

可他们还是来了！

来不及多想，容不得过多留恋，我拎着行李箱赶往楼下。

到了院内，只见德吉央拉的姥姥达瓦阿妈、爸爸扎西、妈妈德吉、姨妈德央，还有妹妹白玛卓嘎都来了。

我快步上前，与大家一一握手。

德央手捧着一沓洁白的哈达，一家人依次向我献上哈达，大人刚刚献完哈达，德吉央拉从德央手中拿过一条哈达，踮着脚尖也要献。

我见状赶紧俯下身去，将德吉央拉抱了起来，能感觉到德吉央拉后背上厚厚的"护板"。

德吉央拉认真地将哈达披在我的肩上。

这时，德吉说："出门的时候，央拉提醒我们，见了吴爸爸，谁都不要哭，如果哭了，会影响吴爸爸的运气！"

听闻此言，我瞬间"破防"。

乖巧懂事的德吉央拉从姨妈德央手中接过纸巾，轻轻地为我擦拭眼角的泪水。

这时，德吉对德吉央拉说："央拉，别让吴爸爸抱着了，累！"

德吉央拉从我的怀里挣脱了下来。

刚刚放下德吉央拉，达瓦阿妈就双手捧着一碗热气腾腾的甜茶往我手里递。

我赶紧接过，捧到嘴边轻轻抿了一口，有点儿烫。

我心头一热，为了煮甜茶，达瓦阿妈恐怕凌晨两点钟就得起床啊！

达瓦阿妈还是像往常一样，一次次拎起盛甜茶的暖壶往我的茶碗里续着。

虽然此时的日喀则天气正凉，可我的心里始终热乎乎的。

心中纵有太多不舍，终究还是要告别，其他援藏干部人才已经全部登车，只等我了。

我不能再拖下去了。

我满怀深情地和德吉央拉一家挨个拥抱，嘱咐他们早点回家，别让两个孩子冻着。

一家人一直将我送到车门口。

车子启动了，走出去几十米了，我扭头朝窗后望去，只见一家老小还站在那里频频挥着手。

我不禁想起3年前离家赴藏的场景。

那时，因为担心临场送别太过伤感、情绪失控，我刻意没有让父母和爱人、孩子送，可我知道背后凝聚着多少滚烫的目光。

没有想到，3年后，当自己要离开日喀则的时候，却迎来了家人般的相送，背后又多了几道滚烫的目光。

说起来，我和德吉央拉一家有缘。

2020年10月，我带着日喀则市32名先天性心脏病儿童赴济南接受手术治疗，来自桑珠孜区教武场社区的德吉央拉是其中之一。

当时德吉央拉只有5岁，长得浓眉大眼，只是受病所累，个子比较矮，看上去好像三四岁的样子，不免让人心疼。

当时陪着德吉央拉去济南手术的是达瓦阿妈。

德吉央拉乖巧懂事，不哭不闹，手术前，还时不时为姥姥捶背解乏，很讨人喜欢。

手术前后，前往医院探望的领导和爱心人士很多，每当收到爱心礼物，德吉央拉都会很礼貌的用普通话说"谢谢"，然后会在姥姥献完哈达后，坚持要姥姥抱着自己给客人献哈达，有板有眼，像个小大人一样。

面对前来探望的山东省副省长、省红十字会会长孙继业，德吉央拉竟然唱起了国歌，表达感激之情，让在场的人惊讶又感动，德吉央拉由此成为32个孩子中耀眼的"小明星"。

没过几天，已能下床活动的德吉央拉走出病房，走到为她手术的济南市中心医院心外科主任张锋泉面前，唱了一首自己改编的《谢谢你，医生》。

那稚嫩的童音，那纯真的情感，感染了在场的每个人。

德吉央拉的一举一动都给我留下深刻印象。

2020年元旦前夕，我即将回山东休假。

我一直惦记着德吉央拉，便趁着回山东之前去看望她。

我给德吉央拉买了一件羽绒服、一堆孩子吃的零食，径直按照事先打听的地址去了她家。

德吉央拉家不算太远，就住在嘎吾热林小区一套廉租房里。

德吉央拉的爸爸扎西早早在街口迎着了。

跟着扎西到家之后，我才知道德吉央拉还有个妹妹，叫白玛卓嘎。

当时我好一阵后悔，没事先打听清楚，只给德吉央拉买了衣服，没给白玛卓嘎买。

好在白玛卓嘎没有在意。

从那之后，我再到他们家去，必准备双份礼物。

那天，我见到德吉央拉的第一眼，感到很惊讶，才俩月没见，德吉央拉脸蛋黢黑，跟去济南手术时那个干干净净的小女孩判若两人。

我问："呀！怎么变黑了？"

德吉央拉的妈妈德吉说："回来后，天天在外面跑，晒的！德吉央拉以前稍微活动快点儿，就憋气、流鼻血，现在能跑又能跳。以前我妈妈特别担心，现在每天早晨去茶馆喝茶，就让她那些朋友看德吉央拉的照片，说多亏了你们这些活菩萨！"

对于"活菩萨"的称谓，我实在担当不起，不过我确实感到很欣慰，手术成功了、见效了！只是看着德吉央拉的个头比妹妹还要矮半头，心里不免有点酸楚，这个孩子是被病拖累的呀！

好在及时做了手术，长高只是时间问题。

那天，我和德吉央拉一家聊得很开心。

德吉央拉还向我赠送了自己制作的小礼物——一幅只有她自己能看懂的铅笔画，上面歪歪斜斜写着"谢谢你"三个字。

从那之后，我和德吉央拉一家正式建立了联系。

2021年6月，石万杰带着米多到日喀则探亲，儿子尚未放暑假，没有一同前来。

提前很长一段时间，达瓦阿妈就让自己的女儿德央一次次给我打电话、发微信，询问家人何时到日喀则，再三邀请我们一家到她们家做客。

一家人盛情满满，我也早有此意。

于是，一个周日，我陪着石万杰和孩子到德吉央拉家做客。

那天，达瓦阿妈给米多穿上了精心准备的藏装。

她们从未问过米多的身高，衣服尺寸却大差不差，她们一定是从我的微信朋友圈里看到了米多。

一家人用心之至。

那次做客，令石万杰深受感动，也深受教育。

起初，她觉得我是"剃头挑子一头热"，两边素昧平生，怎么可能建立深厚的感情呢？

她说："人家也就是嘴上说说客气话吧，也就你当真！"

我笑笑，没说话，心想还是到时候自己去感受吧。

回程路上，她说："这回我理解你了，以后还真得当亲戚走了！"

2021年8月22日，正好是星期天。

我决定利用下午时间组织援藏医疗队开展一次民族团结共建活动：集体到德吉央拉家拜访。

铸牢中华民族共同体意识不是一两个人的事，而是大家的事。我已经和德吉央拉一家结了亲戚，我更希望全体医疗队员都能参与进来、融入进去，和德吉央拉一家结成亲戚。

我在微信群里说了自己的想法，希望大家只要没有特殊任务、特殊情况，都能前往。

队员们个个热情高涨，毫不犹豫地答应了，看得出来，这帮队员不仅干工作一心一意，对藏族同胞也是实心实意，没的说！

因为有两位队员参加全市疫情防控培训，我们一直等到6点，他们的培训也没结束。

我们只得先行出发。

礼物我提前准备好了，牛奶、茶叶、扒鸡、水果、零食等，杂七杂八装了几大兜子。

我们集体乘车赶往德吉央拉家。

出发前，我给德吉打了电话，她正在上班，她说，阿妈和两个孩子在家。

推开院门，院子里静悄悄的，我打眼一看，达瓦阿妈正蹲在自来水池边刷盘洗碗。

我轻轻地喊了一声："阿妈拉！"

阿妈闻声扭过头来，见是我，又见到身后一帮人，脸上立即浮出惊喜的笑容，赶紧直起身来，一边不停地在腰间的围裙上擦着双手，一边陪我们沿着那架围栏半损的简易铁梯上二楼。

上楼进入逼仄的房间，德吉央拉和白玛卓嘎正躺在沙发上甜甜地睡着，阿妈一边喊着"央拉"，一边忙活着给我们倒酥油茶。

我走到德吉央拉身旁，轻轻推了推她，小家伙醒了，揉揉惺忪的睡眼，睁眼一看是我，一骨碌爬了起来，这时睡在另一边的白玛卓嘎也醒了。

我抱起德吉央拉，王保刚抱起了白玛卓嘎，王军则给俩孩子打开零食送到她们手中，俩孩子兴奋得不得了。

阿妈一再捧起酥油茶递到我们手中，不时用藏语说着："谢谢！谢谢！"

德吉不在家，德吉央拉翻译能力有限，我们跟阿妈交流就比较吃力了，更多的只能靠眼神交流。

德吉央拉又给我们唱起了熟悉的国歌，接着又唱了一首自己改编的歌曲《我的好医生》："我的好医生，下班回到家，劳动了一天，多么辛苦呀！让我来亲亲你吧，让我来亲亲你吧……"

唱着唱着，德吉央拉搂着我亲了一下。

多么懂事的孩子呀，唱得我心里暖暖的，亲得我心里热热的。

眼瞅着时间快到7点了，我便招呼一家人出去吃饭。

说着话的工夫，阿妈转身进了一侧的房间，少顷出来，手里多了两包哈达，德吉央拉则拿出了她的小书包。

我们恭恭敬敬站在那里，弯腰接过了阿妈献的哈达，德吉央拉也从姥姥手中抽出两条哈达，献给了我和王军。

献完哈达该出门了吧？

德吉央拉又打开了她的书包，从里面掏出两本作业本来。

我恍然大悟，小家伙这是要展示她的学习成果呢！

那我可得认真对待，不能等闲视之，我又坐下来，仔细看德吉央拉打开的作业本。

分别是语文和数学作业，语文作业里最显眼的就是用汉语写的她自己的名字"德吉央拉"，数学作业则是用阿拉伯数字从"1"写到了"100"。

我给了德吉央拉一个大大的赞。

阿妈似乎不想跟我们去，只让我们带俩孩子去。

我嘱托德吉央拉拽着姥姥走，聪明的德吉央拉拽着姥姥的手就往外走。

一行人终于出门，直奔饭店、王军提前订好的一家牛肉汤馆。

坐下一会儿，参加疫情防控培训的两位队员也赶到了。

又过了不长时间，下了班的德吉也赶过来了。

汤锅里咕嘟咕嘟冒着的热气加上我们十几个人的热情，屋子里顿时热闹起来，好一幅汉藏一家亲的场景！

队员们不停地给阿妈、德吉和孩子们夹菜。

俩孩子不停地说着"谢谢！"，阿妈和德吉则每次都站起身，双手合十说："拉托其！拉托其！"

不知不觉间，已经是晚上9点多了，大家都吃饱喝足了，俩小家伙早早跟着田文玲和张雪两位女队员跑到外面玩去了。

等我们走到餐馆大厅的时候，只见俩孩子跟俩队员正玩得不亦乐乎，毫不生分。

返回公寓的路上，我跟队员们说，也许我们工作中会遇到很多波折和困惑，可看看这纯朴的一家人，看看健康活泼的德吉央拉，我们付出再多都是值得的！

队员们纷纷点头，说："这也是我们的心声。"

2022年6月中旬，石万杰再次带着孩子到日喀则探亲。

6月20日，我们一家人又一次到德吉央拉家走亲戚，也算是临行前的告别。

那天，想到不久就将离开日喀则，以后再难相见，我抱着德吉央拉久久说不出一句话。

懂事的德吉央拉紧紧搂着我的脖子哭了，一家人都抹起了眼泪。

石万杰起身跑了出去。

后来她跟我说："我实在看不得那个场面，太难受了！"

那天，在楼下院子里，3个小孩子玩了很长时间，天都快黑了。

两家人合影留念，德吉央拉和米多都要求我抱着。

我心里乐开了花，将俩孩子抱在怀里，俩孩子都对着我的脸亲个没够。

看德吉央拉那么黏自己，我心思一动，逗她："你做我的女儿好不好？"

没想到德吉央拉竟丝毫没有犹豫，使劲点头，接着对着我的脸又是一通亲。

从此，我有了一个藏族女儿。

6月26日，我送德吉央拉等6名藏族儿童到和平机场，这是我援藏任内组织的最后一次救治行动了。

那天，我没有同机前往济南，我已经没有时间陪着了。

在那6名藏族儿童中，有5名是先天性心脏病患儿，而德吉央拉此番再度前往济南，是接受脊柱侧弯矫正手术。

早在2020年带领德吉央拉等32名先天性心脏病儿童前往济南手术时，我就已得知，德吉央拉不仅患有心脏病，脊柱也有问题，只是当时尚不明显。

没想到，后来随着个子快速长高，德吉央拉脊柱侧弯越来越明显。

这成了我的一块"心病"，筹谋着等合适机会帮她实施矫正手术。

经过联系，承接2022年度日喀则先天性心脏病儿童救治项目的山东省立第三医院表示有能力承接矫正手术。

于是，我们便安排德吉央拉随其他5名儿童一道前往济南，达瓦阿妈和德吉全程陪同。

7月3日，山东省立第三医院脊柱脊髓外科主任孙立民团队为德吉央拉顺利完成脊柱侧弯矫正手术。

7月16日，德吉央拉顺利出院。因为术后不能长时间坐着，达瓦阿妈和德吉陪同德吉央拉乘火车睡卧铺回日喀则。

7月18日中午，德吉央拉一行3人抵达日喀则，千头万绪的我还是挤出时间和扎西一道赶到火车站将他们接回家。

手术期间，德吉央拉不止一次跟我语音或者视频，一个最大的变化便是德吉央拉改了口，称呼我为"吴爸爸"，再到后来干脆直接称呼"爸爸"。

每每听到德吉央拉亲切自然地喊着"爸爸"，我的幸福感"爆棚"！

达瓦阿妈和德吉也几次三番给我发语音表示感谢。

达瓦阿妈说："感谢您！您是我们一家的活菩萨，我们一家人非常非常感谢您！"

德吉说："央拉能够有这样的完美人生是托您的福，太感谢您！谢谢您让她以后再也不会在别人面前自卑，非常感谢您的帮助！"

我心如止水，我不过是做了应该做的事情。

不过，有件事令我感到很意外。

那天，我偶然翻到扎西的微信朋友圈，发现他有个视频号，点开一看，竟然是我们一家去他家做客的一些照片。

扎西在视频下面写了一句话："遇到您是我们一家人的福气！"

视频显示发布于二十几天前，正是我们一家去他家走亲戚的当天。

接回德吉央拉那天，一家人不停询问我究竟何时离开日喀则，我笑着说还得过一段时间。

其实，我的心里藏着一个"小九九"，走时悄悄地走，不再惊动德吉央拉一家，一来德吉央拉需要卧床静养，二来怕到时候情绪失控。

可我千瞒万瞒，还是没能瞒住德吉央拉一家，精明的扎西从别人口中探知了我将于7月26日离藏的消息。

乘车赶到我们集结的酒店——日喀则大酒店，简单吃过早餐，我们再次返回楼下。

只见楼前的广场上密密麻麻站满了人，人人手里捧着数十条哈达，依次献给将要远行的客人，哈达随风飘曳，犹如泛起的洁白浪花。

日喀则市卫生健康委员会主任普次、办公室主任罗布次仁、疾控科长巴桑卓玛、日喀则市妇幼保健院党支部书记索朗多布杰、院长多吉洛旦、日喀则市卫生健康监测中心主任格桑罗布等很多同志都等在那里。

他们刚刚给我献完哈达，日喀则市卫生健康委员会副主任巴桑片多、市医保局局长刘卫华、日喀则市藏医院副院长石大春急火火地赶来了。

石大春紧紧拥抱着我，没说一句话。

我和医疗队员们身上披满了数不清的哈达，仿佛被洁白的浪花簇拥着，只露出头部，眼里泛着晶莹的泪花。

曾经，在我们的印象里，藏族同胞是不善言谈的，无论你对他多好，他可能只是憨憨一笑，最多说句"谢谢"。

巴桑片多很早之前就曾对我说过："主任，我们藏族人不爱说漂亮话，可是我们的眼睛都是亮的，你们的一举一动，我们都看在眼里，记在心里。"

然而，在我们即将离开日喀则的时候，他们内心的情感却集中爆发了出来，他们用最传统也是最崇高的礼仪来表达自己对援藏干部人才的情谊，一条洁白的哈达、几句质朴的话语，胜过了千言万语。

车子缓缓启动，窗外是一双双挥动的手和一道道不舍的目光，窗内是一片哈达的海洋、一片晶莹的泪光。

看着此情此景，想想3年的经历，我想起了习近平总书记强调的"铸牢中华民族共同体意识""五十六个民族要像石榴籽一样紧紧抱在一起"，也想起了毛泽东同志说过的"我们共产党人好比种子，人民好比土地。我们到了一个地方，就要同那里的人民结合起来，在人民中间生根、开花"。

是的，进藏之后，我和队员们就将自己当作一粒异乡飘来的种子，努力在这里扎根、成长，希望能够成为藏族同胞的幸福花——格桑花。

格桑花是我们在日喀则见得最多的花。

格桑花作为雪域高原的"生命之花"，在藏族同胞心中，有着十分崇高的地位，既象征着幸福的生活，也象征着纯洁的爱情。

藏族同胞说："格桑花不挑不拣，随便撒一把种子就能活！"

可不是吗？无论是市委、市政府大院还是日喀则的大街小巷，格桑花随处可见，哪怕与灌木共生，哪怕地处阴凉，也难阻挡它扎根、生长、开花。

曾有人写过一首诗赞美格桑花："山原难得几回春，被雪怀冰寄此身。只许云天分野艳，不同梅李竞香尘。微躯瘦损犹无憾，素色妆成每自珍。或问千江东逝水，凭谁怜取眼前人。"

我们就要做这样不挑不拣的格桑花，扎根雪域，盛开高原。

不把自己当外人，只把对方当亲人。我们能够跨越万水千山到西藏，也一定能跨越语言、风俗等方面的鸿沟，融在一起。

工作融入、生活融入，最终带来的是情感的融入。

3年来，我和医疗队的兄弟姊妹们与藏族同事真诚做同事、真心交朋友，用谦虚、诚实、实干赢得他们的理解和认可。

3年来，我们跟着藏族同事利用闲暇时间去雅鲁藏布江北岸的东嘎林卡"过林卡"，跟他们一起吃糌粑、喝酥油茶或者甜茶，跟他们一起游戏互动，跟他们一起跳锅庄、一起唱歌，看他们砸骰子、喝啤酒，有时也跟着他们去朗玛厅里侃大山到凌晨一两点。

有一次，正赶上日喀则藏历新年，日喀则市卫生健康委员会办公室主任罗布次仁邀请我到他的一位朋友家里过藏历新年。

那粗壮的风干牦牛腿、冻羊腿、手腕粗的血肠，虽然令人有点望而生畏，可我还是毫不犹豫地拿起藏刀，学着他们的样子割肉吃，然后捧起青稞酒按照藏族礼仪与他们互贺新年。

外单位的藏族同胞，只要接触上，我们也会凭借真诚把他们发展成自己心心相印的朋友。

还有很多内地进藏的汉族干部、老乡，也成了无话不谈的朋友。

离藏还有两个多月的时间，日喀则的朋友们便纷纷打电话，邀约送行。

一天，日喀则市司法局党组书记巴桑在电话里说他刚刚从拉萨开会回来，用不容置疑的语气邀我到一家藏餐馆去小聚。

到后，他紧紧握着我的手说："我怕接下来你时间紧张，不好约你，所以定在今天。你答应我，我们要做一辈子的好兄弟！"

他说得很认真，也很动情。

那天晚上，我们两人聊了很多，聊到动情处眼窝发烫，巴桑，这位长我几岁的老兄竟然跟我"骂誓"："以后谁若是到对方的城市不找对方，谁就是孙子！"

已经调到康巴县任县委常委、宣传部部长的巴顿借着到市里汇报工作的空儿，专门跑到山东援藏公寓，给我献了一条洁白的哈达，还给我带了一条当地产的羊毛挂毯作为礼物。

我们是通过工作关系认识的，统共没吃过几次饭，但却建立了兄弟般的感情。

日喀则市融媒体中心主任坚参，以前是文化馆馆长，他的爱人次旦卓嘎是著名歌手，两人的嗓音都很好。

早在进藏之初，我们就结识了。

临别前，夫妻俩特地约了一帮当地朋友为我送行。

酒喝得不多，歌唱得不少，唱歌是藏族同胞表达感情的重要方式，也是这两口子的强项。

自打当年我主动揽过帮助日喀则市健全精神卫生服务体系的活儿，加之我经常在党组会和办公会上为疾控中心说话，时任市疾控中心党支部书记的石大春和主任巴桑片多就"认准了我"，之后又通过巴桑片多认识了"藏二代"、市医保局局长刘卫华。

刘卫华是巴桑片多的"闺蜜"。

她曾经对我说："虽然您不支援我们单位，没有为医保局做过什么。可是通过巴片介绍，我很佩服您的人品，愿意和您交朋友。"

3年里，我们聚过几次。

临行前几天，巴片、刘卫华、石大春等人为我送行。

席间，他们唱起了藏族歌曲《一个妈妈的女儿》：

太阳和月亮是一个妈妈的女儿啊，

他们的妈妈叫光明；

藏族和汉族，

是一个妈妈的女儿，

我们的妈妈叫中国……

他们发自肺腑的歌声，也是他们发自肺腑的心声。

那天他们唱了很多很多歌。

转过天来，巴片跟我说："嗓子都哑了！"

7月24日深夜，日喀则市卫生健康委员会主任普次通过微信给我发来一首他写的小诗，题目是《长远来了——山东援藏干部》：

来了，兄弟
高原风光无限
却被室间隔的诱惑屈服
来了，兄弟
祖国大好河山
却被房间隔的执着折腰
来了，兄弟
和美的大家庭
又被狭窄的肺动脉给堵住了

阴间，审讯中的兄弟姐妹
喊冤叫屈

来了，兄弟
长远来了
室间隔门前的无常吓破了胆
房间隔雅庭的牛头称臣做拜
还有那狭窄的肺动脉里
一群小鬼在伏地迎候

高原的风光无限美好
祖国的大山依然壮观
缔造的家庭和美如初

是的，长远来了

光阴如梭

我还没来得及拉横幅

他这是说我组织开展先天性心脏病患儿救治的事儿呢，时间这么晚了还没睡，想必他也是激动地难以入睡吧！

过往1122个日日夜夜，在雪域高原的一幕一幕，每一个日喀则朋友熟悉的脸庞一一在眼前浮现，我一次又一次泪眼婆娑。

收拢思绪，载着我们的大巴车已经驶入拉日高速，正向和平机场疾驰。

这条路，我们曾经走过无数遍。

路还是那条路，却再也走不出往日的轻松。

但这条路将永远驻留在我们的心中。

这时，熟悉的旋律再一次响起。

"海拔三千八，这里是我的家，美丽的日喀则，我为你牵挂……"

这首歌，我们曾经唱过无数遍。

歌还是那首歌，却再也唱不出往日的豪情。

但这首歌将永远回荡在我们的心房！

3年援藏路，一生西藏情。

永远的西藏，永远的日喀则！

扎西德勒！